Ulrike Draesner, 1962 in München geboren, wurde für ihre Romane und Gedichte vielfach ausgezeichnet, unter anderem zuletzt mit dem Deutschen Preis für Nature Writing und dem Ida Dehmel-Literaturpreis. Für *Kanalschwimmer* erhielt sie den Preis der LiteraTour Nord 2020. Von 2015 bis 2017 lehrte sie an der Universität Oxford, seit April 2018 ist sie Professorin am Deutschen Literaturinstitut der Universität Leipzig. Dort und in Berlin lebt und schreibt sie – neben Romanen und Gedichten auch Erzählungen und Essays. Im Penguin Verlag erschien zuletzt ihr Roman *Schwitters*, für den Draesner den Bayerischen Buchpreis erhielt.

Kanalschwimmer in der Presse:

»… ein Virtuosenstück.« *Süddeutsche Zeitung*

»In vielerlei Hinsicht ist *Kanalschwimmer* ein Buch auf der Höhe der Zeit.« *Berliner Zeitung*

»Ulrike Draesner erzeugt einen Sog mit ihrer Sprache, der atemlos macht.« *WDR 5*

»Trainiert wie eine Langstreckenschwimmerin wühlt Ulrike Draesner Wasser und Erinnerungen auf: bildstark und eindringlich. Europäische Literatur at it's best.« *rbb Kulturradio*

Außerdem von Ulrike Draesner lieferbar:

Schwitters
Eine Frau wird älter
Mein Hiddensee
subsong
Heimliche Helden
Sieben Sprünge vom Rand der Welt
berührte orte
gedächtnisschleifen

Ulrike Draesner als Übersetzerin:

Louise Glück, *Wilde Iris*
Louise Glück, *Averno*

Ulrike Draesner

KANAL SCHWIMMER

Roman

PENGUIN VERLAG

Die Autorin dankt dem Berliner Senat für
die Unterstützung der Arbeit an diesem Buch.

FSC
www.fsc.org
MIX
Papier | Fördert
gute Waldnutzung
FSC® C014496

Penguin Random House Verlagsgruppe FSC® N001967

2. Auflage

in der Penguin Random House Verlagsgruppe GmbH,
Neumarkter Straße 28, 81673 München
Umschlag: bürosüd
Umschlagmotiv: Getty Images / Abstract Aerial Art
Druck und Bindung: GGP Media GmbH, Pößneck
Printed in Germany
ISBN 978-3-328-10687-6
www.penguin-verlag.de

Mit mildem Gelb durchsetztes frisches Blattlicht fiel von der Böschung vor dem Küchenfenster auf Boden und Tisch. Durch die Decke klangen die Takte einer Chopin-Etüde. Freitagnachmittag, Klavierstunde Maude. Er war mit dem Zug von seinem Labor in Oxford nach Paddington gefahren, von dort dreißig Minuten weiter mit der Tube. Am Wochenende kam er nach Hause. So hatte seine Frau die Nummer 8, Portland Terrace, vom ersten Tag an genannt: Zuhause. Seit einem Jahr lebten sie hier.

Er brauchte einen Tee.

Irgendetwas in der Küche stimmte nicht.

Sie befand sich im Souterrain wie üblich bei viktorianischen Häusern. Als er seine Jacke – es war Juli, es herrschte die neue Hitze, aber ebenso herrschten die alten Wettergüsse und unberechenbaren Windschübe von der Nordsee die Themse herauf –, als er seine wasserdichte Jacke über den Stuhl an der Tür hängte, sah er, dass jemand den Magneten auf dem Kühlschrank, einen roten Doppeldeckerbus, umgedreht hatte. Der Bus lag auf dem Dach, die Räder ragten in die Luft. Statt der üblichen Einkaufsliste klemmte ein Brief darunter.

Oxford, 12. 11. 1978

Liebste Maude,

… kann nicht länger …

nie eine andere als Dich …

Abigail … unter Silas' Bademantel … ich … mir … sicher

… diese Tage auf Sylt vergessen … Dir, wenigstens Dir …

Die Art …, wie sie endeten …

und wir wussten Dinge, die wir Stunden

zuvor nicht zu benennen …

Du sollst zwischen uns …, … frei …

ohne Lüge, … Dein Leben aufbauen … Ich musste es Dir

… Maude

Forever yours

Charles

Die waren verrückt.

Die: Seine Frau und ihr Liebhaber.

Seine Frau und sein bester Freund.

Maude und Silas.

Das Wasser in der Säulenanzeige des Kochers blubberte blau auf. Chopin Takt 1, 2, 3, 1, 2, 1, 2. Noch bevor er dazu kam, etwas zu denken, hatte seine Hand das Blatt in die Jackentasche gesteckt. Er sah sich in seinem Studentenzimmer sitzen, das Feuer im Kamin, zwei Drähte wie in einem Toaster, glühte rot, die Butter, die er auf dem Innenbrett des gotisch spitzbogigen Fensters aufbewahrte, blieb hart. Der Füllfederhalter hatte über das Papier gekratzt. Vierzig Jahre war der Brief alt.

Er rührte Milch in den Tee.

Er betrachtete den Plastiklöffel. Plastik wurde nicht heiß.

A bit crowded, his marriage.

Crowded, so zu dritt.

In seinem, Charles', neuem Londoner Haus.

Please touch, der Raum schwirrt von Menschengeräusch. Zwei von Gerüsten gestützte Saurierskelette schwanken im Luftzug, den Unterkiefer eines Wals hat man gegen eine Säule gelehnt.

Er fährt so oft hin und her zwischen der großen und kleinen

Stadt an der Themse, dass er um jeden Tag dankbar ist, an dem er nicht in einem der zockelnden Züge sitzt, nicht auf dem holprigen Oxforder Bahnsteig ankommt und mit hundert anderen über die aus dünnstem Metall zusammengestückte Fußgängerbrücke klettern muss. Und ist doch erneut Zug gefahren, gestern Abend noch.

Die Nacht hat er in seinem *pied-à-terre* verbracht. Es liegt nahe einer mehrere Hektar großen wilden Wiese, auf der Kühe und Pferde grasen. Seit viertausend Jahren, heißt es, wird hier nicht mehr gepflügt, Jogger und Hunde jagen über die Sandwege. Jetzt, im Sommer, riecht es nach Kuhdung, er fasst kaum, wo er lebt. Wie kann etwas so ländlich sein – grasig, dampfig warm, voller Insekten –, und dann läuft er zehn Minuten und steht in seinem Labor oder einem Museum wie diesem.

Fünf Wale, der kleinste ein Vorläufer des Tümmlers, der größte ein Entenwal, hängen von den silbergrauen Rippen der Decke. Oxfords Heimstätte der Naturgeschichte ist warm, hallt, mächtige Stahlbalken tragen das Glasdach, ein durch die Luft fliegendes Schiff der göttlichen Schöpfung, ein Traum von Unendlichkeit im Reifrock viktorianischer Ingenieurskunst. In dreißig Metern lichter Höhe ragen beinerne Köpfe aus sesselgroßen Halswirbeln, überdimensionierte, spitz zulaufende Unterkieferschlitten fahren auf scharfen Knochenkufen durch die Luft, während die Füße der 65 Millionen Jahre alten Dinosaurier dort, wo auch er steht, kräftig, zehig, breit die Erde berühren.

Cavity, sagt die andere Sprache, »Höhle«. Seine Faust passt in die *cavity* des Zahns, der im Unterkiefer des Wals fehlt. *Don't touch, fragile.*

Er hat im College gelebt, zur Miete in den USA, später mit Maude in Deutschland. Das *terraced house* mit der edel schwarz lackierten Haustür ist ihr erstes eigenes englisches Heim. Er hat es der Küche wegen gekauft, wegen des böschigen Unterwasserlichts. Maude hingegen aus guten Gründen für die Bank. In seinem Beruf zählt er Zellen, »dem Geheimnis des Lebens auf der Spur«, so der Banner über dem Department am *Open Day*. Fünf Jahre hat er noch auf seiner Stelle, ein Wunder, dass man ihn zurückhaben wollte.

Er streift durch die Gänge der seltenen und ausgestorbenen Tiere, an Charles Darwin und Doppelhelix-Watson vorbei. Wesen klettern hin und her zwischen Wasser und Stein. Kriechen an Land. Blicken ihn aus übergroßen Augen an. Flugsaurier, zart wie Eidechsen, schade, dass sie nicht mehr auf dem Planeten umherstaken (ob sie ihre eckigen Beine auf Chamäleonweise gesetzt haben, bedächtig platschend – er muss dabei an kalte Makkaroni denken). Es wäre seltsam, ihnen beim nächsten Spaziergang in den Cotswolds, wenn ein Kaninchen aus der Hecke springt oder Rehe zu einer Waldinsel wechseln, in der Dämmerung zu begegnen. Saurier gehören zu den Vögeln, sagt das Schild, ursprünglich eher zart gebaut, und für Sekunden scheint ihm die Wirklichkeit eben das, ein hübscher, wendiger Springsaurier, gebaut aus Gewohnheiten und Halbwissen, immer schon vorbei, wenn du ihn zu greifen glaubst. Seinen Brief, als wäre er eine Einkaufsliste, mit dem umgestürzten Doppeldecker an die Kühlschranktür geklippt.

Oxford, November 1978: Liebste Maude.

Tinte, sein alter Montblanc.

In Dinosaurierzeit sind vierzig Jahre nichts, in Oxfordzeit fast nichts, in Lebenszeit viel, in Charles' Zeit mit Maude alles.

Dass sie den Brief aufgehoben hat, hätte ihn unter anderen Umständen gefreut. Er weiß natürlich, warum sie die Zeilen hervorkramen musste, jetzt, wo Silas bei ihr ist. Silas, der alte englische Freund, der sie schon in Düsseldorf regelmäßig zwischen seinen Reisen besucht hat, Silas scheint mit einem Mal nicht mehr viel unterwegs zu sein. Hat er überhaupt noch seine Wohnung in Bloomsbury, oder wohnt er schon bei ihnen? Bei Maude?

Die Scham brennt nicht im Gesicht. Nicht im Nacken.

Er ist ja nicht dort. Er ist weggerannt. Als wäre er ein Eheanfänger. Ein Krisenanfänger. Dabei ist vierzig Jahre lang alles gut gegangen, aus seiner Sicht.

Die Scham brennt nicht, sie ist ein Klumpen, der wie ein Ball zwischen seinen Rippen rollt.

Der Baumeister hat die Seitenschiffe des Museums in die Mitte geklappt und das gesamte Gebäude auf spitze, glasige Weise zusammengeschoben, sodass das Licht bester technischer Laune farblos und kristallen auf die versammelten Tiere fällt, unter denen einzig die Hominiden sich noch regen. Selbst samstags werden Kinder in dunkelblauen Pullovern mit lila Bordüre am Ausschnitt, die Mädchen in blauen kurzen Röcken und Kniestrümpfen, immer ein Stück Haut zu sehen, durch die Gänge geführt, auf und ab, als fädelte man sie in einen Stoff. »Was finden wir auf der Welt?« »Wo kommst du her?« »Was ist normal?«

Wieder erstaunt ihn, dass die Umgebung der Stadt in diesem Maß voller Fossilien steckt: erstarrte Sauriertritte, gigantische Hüften, die zugehörigen Schädel wie aus Hühnerknochen gefügt, vergleichsweise zerbrechlich und fein. In beeindruckender Front schoben die farnfressenden und panzerknackenden Schönheiten, die Erfindungen aus Urschleim, die Kleinhirne und Erst-Lungenträger, die Wahnsinnigen des Wassers, die Revolutionäre der Luft, die schwer schaukelnden Pioniere des Gehens, die ersten und tiefsten Urtümer des Planeten sich aus ihrer Heimat, dem Schlamm.

Für dich finden wir auch ein Zuhause, hatte Maude gesagt, als sie von Düsseldorf nach England zurückgekehrt waren, nach drei Jahrzehnten auf dem Kontinent, zurück in das nicht wiedererkennbare Land, in dem er, Charles, aufgewachsen war, in das sie, Maude, gehörte. Ganz, sagte sie. Und er, Charles, doch ebenfalls!

Halb, sagte er.

Ein Zuhause für Maude. Maudes englisches Ich.

Als er im Museumsladen steht, der offen an die königliche, in Analogie zu einem Gewächshaus gedachte Knochenhalle anschließt, und aus Gewohnheit etwas für sie kaufen will, schielt der weiße Hase aus Alice im Wunderland ihn an.

Mitbringsel verschenkt man, um Zeit zu teilen, die man nicht miteinander geteilt hat. Was macht man mit Mitbringseln, wenn man die Zeit ohnehin nicht mehr teilt?

Er starrt auf den Hasen und sucht nach dem englischen Wort für »ausgestopft«.

Aus der Scheibe blickt ihm ein entschlossen wirkender Mann entgegen, der etwas von einem Vogel an sich hat, irgendein Haarschopf ragt immer nach oben, und die Augen, rund, hinter der halbhohen Lesebrille versteckt, glitzern. Er findet, dass er aussieht wie eine Krähe, der man einen Drahtkleiderbügel überlassen hat. Nun mach daraus ein Nest! Maude liebte Tierdokus, sie hatte ihm den Clip vorgespielt, jüngst.

Etwas in ihm ist verloren, er hat das Musikhören aufgegeben, vielleicht, weil seine Frau Klavier unterrichtet. Leider nimmt er sich das selbst keine Sekunde ab. Sie haben eine Auszeit vereinbart, vorerst; er vermisst Maude, weiß wieder, was das ist. Licht fällt durch die Halle, das Glas eines vergangenen Jahrhunderts, erdacht am Ende des vorletzten, ein Traum von Einheit und Harmonie, als die Welt, umsponnen von dem Glauben an sicheres Menschenwissen über die Natur, auffunkeln wollte. Ein Wissen, das man einfing, indem man Tiere tötete und geschmolzenen, mit Farben vermischten Quarzsand auf ihre Schädelknochen klebte, als Auge. Er zählt nun chemische Elemente und den Ablauf von Zeit in Zellprozessen, die mit der Verarbeitung visueller Reize vor dem Bildschirm zu tun haben. Wie schnell wird auf Ja oder Nein oder einfach auf Weiter geklickt?

Er mag Silas. Er kennt ihn. Silas, sein härtester Konkurrent, sein Trainingspartner im Schwimmclub von Camden, sein Ansporn, sein Trost.

Noch einmal geht er los, an dem kleinsten der Saurier vorbei, fragil und schutzbedürftig wie eine vorweltliche Pflanze, die, reduziert auf ihr Skelett, zu ihrem eigenen Muster geworden ist.

Bis etwas sein Auge fängt. *Yes, it catches his eye.* Ihre Schönheit nimmt ihn gefangen, und eine Idee nimmt Gestalt an in seinem Körper, während er vor dem Plakat verweilt, auf dem sie an Land kriechen. Tropfend, fest, mit erstauntem Blick.

Er steht unter dem kleinsten, sieht, von hinten, tief in all ihre Brustkästen hinein. Gehalten von unsichtbaren Drähten, schweben die fünf Walskelette unter der Decke, als wollten sie, der Größe nach geordnet, einander durch die Lüfte verfolgen. Kopf an Schwanz jagen sie dahin, die knöcherne Spur eines unsichtbaren Plans. Ein wenig scheint in der vom Boden aufsteigenden Körperwärme der Besucher der gelbbeige, wie eine Stimmgabel gebogene Unterkiefer des mittleren zu vibrieren. Charles möchte meinen, selbst halb Gespenst, verborgen, vom Grund eines eisigen Ozeans den geheimen Flug einiger Meergeister zu beobachten; für selige Sekunden glaubt er, in der Kristallklarheit des Mittagslichtes ihre Stimmen zu hören: Mit ihren langen, scharfen Knochenmäulern schneiden die Wale durch den luftigen Ozean der Zeit und singen mit dem Blut in ihren Lungen davon, was es heißt, nicht der zu sein, der man scheint.

1

Weiße Pferde: Wind exakt gegen die Tidenrichtung, merklicher Wellengang, die Kämme hell geschlagener Schaum.

Hinter dem Dunst zeigte die aufziehende Sonne sich als Strahlenumriss. Silbern geränderte, flockige Wolken hingen weit unter dem Zenit, wenn auch hoch über dem Kanal, der grün und grau, körnig bestäubt, das fallende Licht zurückwarf in die sich allmählich hellblau färbende Himmelswölbung. Gelassen hob sich vor dem Cliff, auf dem Charles die Muskeln dehnte, die Welt in den Tag.

Seegang, Grundform eins: Der Wind blies in die Richtung, in die die Tide das Wasser drückte, lang flossen die Wellen dahin. Brendan, Schiffsführer, Lebensversicherung, offiziell anerkannter Erklärer der Glitzerplatte, nannte dieses Wunschwetter »Unwahrscheinlichkeit«. Wirklichkeit war Form drei: chaotische See. Der Wind wehte seitwärts gegen die Gezeitenströmung, Welle, Kaventsmann, Übelkeit. Gern auch für den Schwimmer. Für den besonders. *Do you mind?*

Halb sieben Uhr morgens. Das Cliff-Top-Restaurant servierte Nescafé zu halb kaltem Labbertoast. Britannien. Hier fing es an, hier hörte es auf.

»I don't think you should take whitener«, sagte der alte Mann zu der älteren seiner Begleiterinnen. Alle drei saßen an dem Holztisch Charles schräg gegenüber. Lila Pullover, Stock, Blick auf den wässrigen Ärmel, sagte: »Meine Zähne sind exzellent«, und tunkte den Haferkeks ins Heißgetränk: »Weiße Pferde heute, die See!«

Wach waren zu dieser Morgenzeit nur Möwen, Alte und

Schwimmer. Die Vögel, Wesen, durch deren Adern Blut floss statt Tee, hatten sich in Felsnischen versteckt, aber lieferten das übliche Geschrei. Hauchdünne Schleier hingen zwischen Wasser und Himmel, eine Einsamkeit, durch die Rinnsale zogen.

Der Weg zum Strand begann zwischen den Sitzbänken. Charles steckte sich das Telefon in die Jackentasche, um besser ausschreiten zu können. Die *Henry*, Brendans Schiff, war, so die Real-life-Crossing App, nach dem gelungenen *swim* dieser Nacht auf dem Weg zurück in den Hafen von Dover. Der nächste Kandidat auf der Liste: er. Sich übergeben, zittern, weiterkraulen: Schwimmer sein. Schwimmer zwischen Riesentankern, Fähren, Jachten, Kreuzfahrern in der befahrensten Wasserstraße der Welt. Schwimmer, der nichts trug als eine kurze Hose, Brille und Kappe, ein nach Luft schnappender Kopf, von einem Begleitboot aus dirigiert und gefüttert auf seinem vierzehn oder siebzehn oder fünfundzwanzig Stunden andauernden Weg durch die Straße, den Ärmel, den Jet.

Links und rechts von ihm stiegen die senkrechten Felsen gegen die Atmosphäre, gigantische Kreiden, zu Tafeln zusammengeschoben. Englands Ende, Englands Anfang. Dir auch noch ein Zuhause, hatte Maude gesagt. Sicheren Schrittes joggte er über den Schotter zwischen den leeren Flächen. Sollte er seiner Frau ein Stück Kreide schicken, bevor er losschwamm? Schwarze Adern aus Flint zwischen weiß bröckelnden Höckern, sein letzter Brief! So schön pathetisch. Das Stück, das sich löste, als er mit der Handkante ein paarmal gegen den Felsen schlug, glich der Schnauze eines Maulwurfes. Blind in all seinem Weiß.

Der Kreidebruch kollerte den schottrig-steilen Weg hinab, blieb liegen. Auf den beiden Webseiten der Crossing Clubs, die ihre Kanaldienste anboten, poppten eine um die andere die Überquerungen des Morgens auf. Mithilfe einer Stange würden sie ihn füttern wie ein Tier im Zoo. Am Greifer hinge eine bereits geöffnete Tüte Energy-Gel, Geschmacksrichtung Ananas oder Zitrone. Ananas schmierte gleich noch die Lippen. Unverdrossen hatte sich letztes Jahr einer das Zeug Stunde um Stunde mit einer überdimensionierten Spritze in die Kehle gejagt. Das war so harmlos aufregend, dass es am Strand unter den Schwimmkandidaten dieses Sommers dauererzählt wurde. Mit jeder Wiederholung wuchs die Spritze, wozu war man an der See.

Schließlich.

Endlich. Oder was immer dieser Kanal war.

Unter keinen Umständen durfte der Kandidat die Fütterstange berühren.

Charles hatte sich Erdbeer, Pfirsich, Vanille besorgt.

Für den Magen würde sein Pilot abgestandene Cola einpacken, Ingwerkekse, Pfefferminztee. *Pilot*, englisch, klang besser als Schiffer, es versprach einen Flug. Die meisten Überquerungen scheiterten am Wetter oder an der Ernährung. Jede Fütterung sollte maximal eine Minute kosten, was über die Länge der Strecke noch immer auf fünfundvierzig Minuten Zeitverlust hinauslief. An einem Rekord war ihm nichts gelegen. Er wollte es schaffen = anschlagen = an Land.

Mit dem Gleichheitszeichen schloss man Versuche ab, Reihen, Rechnungen. Eine Dreiviertelstunde = dank Tidendrift eineinhalb oder zwei Stunden mehr Weg in Eiseskälte, gegen den Strömungsdruck. Auf Englisch sagte man nicht »ist gleich«, sondern *equals*, »hat das gleiche Recht«.

Strömung gegen Mannkraft plus Wind plus *your mind*, sagte Brendan: »Geisteskraft«, gleiches Recht.

Schließlich oder endlich oder letztendlich: das Meer. Fische, schon gefangen, wuchsen noch in der Hand, Wasser und Firmament füllten sich wie von selbst mit flüchtigen Figuren, die Luft rauschte, schade, dass man ihr Gemurmel nicht verstand. In der mit Sand aufgefüllten Bucht des Kieselstrandes saß trotz der frühen Morgenstunde bereits eine Familie. Zwei Erwachsene in Hoodies und Decken, die spürten die kurze Nacht. Ihre beiden wackelig laufenden Kinder, halb nackt und noch so klein, dass sie nicht wussten, was Schwimmen war, weil sie es noch nicht vergessen hatten, spürten und hörten Gott weiß was.

Morgen wollte er um diese Sonnenzeit unterwegs sein, morgen, spätestens übermorgen, am liebsten sogleich. Über ein Jahr lang hatte er sich vorbereitet, den Winter hindurch nach striktem Plan zur Kälteabhärtung im Fluss und ab Mai jedes Wochenende im Hafen von Dover trainiert. Jetzt, Mitte August, war der Kanal maximal warm, 17,2 Grad.

Der Ärmel, die Brühe, der Dreck.

Fast wäre er über den Jungen in einem Bärenanzug gestolpert, der in einem Tangnest wühlte und »Osterei« juchzte, beide Hände fest um ein Stück Plastik gekrallt. Feistes Gesicht, verschmierter Mund. Charles fiel in Trab. Kein Kind suchte mehr Muscheln. Styropor wollten die kratzen, Folien kauen. Die Wolken baumelten vom Zenit wie aus dem Meer gerissener, lachender Pelz. Kunstpelz, Schaum. In Sekunden wechselte, was wirklich war.

Er war zweiundsechzig, er arbeitete an seinem letzten großen Forschungsprojekt, er musste langfristig daran denken, sich ersetzbar zu machen. Die Tage außerhalb des Labors zerliefen ohnehin wie Brei, seit er nicht mehr in der Unterwasserlichtküche wohnte. Dreizehn Monate war sein Auszug aus Portland Terrace inzwischen her. Er hatte dort ein paarmal, nach Anmeldung, Sachen geholt. Irgendwann im Herbst hatte Silas eine Nachricht geschickt, sie sollten sich auf ein Bier treffen. Fünfundfünfzig Jahre Silas, siebenunddreißig Jahre Ehe mit Maude, ein Bier.

The Channel hatte ihn gerettet. Trainingsschema, messbare

Fortschritte nicht in Versuchsreihen, nicht in den Karrieren seiner Studierenden, sondern an ihm. Dort, wo er unfraglich er selbst war: in Muskeln, Pulsschlag und Fett.

Brendan hatte ihm beigebracht, Seekarten zu lesen. Aus fünf Rinnen bestand *The Channel – La Manche*: Hoheitsgebiet England, Fahrrinne Südwest, Trennstreifen (= Zone), Fahrrinne Nordost, Hoheitsgebiet Frankreich. Die »Autobahnen« links und rechts des Niemandslandes Z nahmen jeweils fast zehn Kilometer ein. Containerschiffe, Riesenkreuzfahrer, Frachter und Fähren. Rinne Südwest führte an der englischen Küste entlang in den Atlantik hinaus, ihr Gegenstück vor dem französischen Landstreifen leitete ins nördliche Meer. Quallen blähten sich überall, in Haufen, einzeln, quer, das nannte sich Recht der Natur. Für die Quallen, insbesondere jene mit Nesseln, war es ein ausnehmend erfreuliches Jahr.

Er schleuderte einen Kiesel Richtung Wasser. Die Route musste der starken Gezeitenströmungen wegen in zwei Bögen angelegt werden, meist kam während der Überquerung ein dritter hinzu; an der grauen Nase, Cap Griz-Nez, wo das französische Land dem englischen Schwimmer entgegenzukommen schien, wo jeder anlanden wollte, traf kaum einer der Kaltwasserhelden ein. Wolken hatten die Klippen mit stumpfem Grau überzogen, flach wie in einem Videoclip mit Zeitraffer fetzten die Ballungen dahin, bösartig, lächerlich.

20,7 Meilen, engste Stelle, größte Nähe zwischen Insel und *continent*. Er würde sich einreiben dürfen. Kaufen Sie den Maxibecher am Varne Ridge Caravan Park. Fünfzig Prozent Lanolin, fünfzig Vaseline.

Schwimmhose, Schwimmbrille, Kappe.

Schultern nackt, so das Reglement.

So you really … don't mind?

Die Jüngeren unter den Kanalüberquerern sorgten sich darum,

dass ihr Pilot alle fünfzehn Minuten ein Foto postete und die eingehenden Kommentare der Freunde für Wassermann wie Wasserfrau aufs Whiteboard kritzelte. Charles würde sein bisschen Wasserechtheit nicht ins Netz füttern. Er brauchte es selbst.

Maude: *You don't mind, do you?*

Silas: *C'mon, old chap. The three of us.*

Ruhig hatte er sich den Ruhestand gedacht: Buch schreiben, zu Vorträgen reisen, mehr Zeit verbringen mit Maude.

Da hatte sie ihm die Kontrolle entwunden, mit einem Lächeln. Es war so leicht. Und nicht einmal das Lächeln galt ihm.

Wann brach eine Zukunft zusammen?

Lautlos jedenfalls.

Der nächste Stein, er warf ihn nach einer Möwe, blitzte auf. Für einen Augenblick hatte also die Sonne geleuchtet? Mitunter bemerkte man das in England erst, wenn der *drizzle* genannte Regen von Neuem einsetzte. Das war so lächerlich wie seine Lebenssituation.

Im Übrigen war es laut. Er hatte Dovers Hafen erreicht. Ein Himmel voller Flugzeuge im Sinkflug spannte sich knapp über Wasser und Städtchen. Flaute seit Jahrzehnten. Schiffsführer, Crews und Schwimmer starrten aufs Meer; Hoteliers, B&B-Betreiber und Pubeigentümer starrten auf die Starrenden. Jede Gruppe redete über das Wetter und erhoffte sich das Gegenteil dessen, was die andere wünschte. Geschirr klapperte, der Wind rüttelte an den Fenstern. Statt mit den Zähnen zu klappern, stapfte man, dass die Kiesel nur so klickerten, über den Swimmers' Beach am Ende der Marina und klatschte sich Vaseline auf jedes nackte Stück Haut, das man erwischte. Mittags wie abends trafen sich Kandidaten, Kandidatenanwärter und Veteranen im White Horse, wo die Wände, als wären sie Kreidefelsen, Ritzzeichen trugen: Datum der Überquerung, Name, Spruch.

»Mister Charles!« Der Stimme von Mr. Prim schwebte lautlos Mr. Prim hinterher, ein kleiner Mann mit einer riesigen Nase, so knollig und rot, als kochte er sie jeden Morgen in seinem Teewasser mit. Charles nahm einen Becher mit Extrazucker, weil er ein Mann war, seinetwegen auch nur ein Mensch, also Süßes brauchte. Prim rieselte ihm zwei Löffel ein. *For you, love!*

Love! Charles war *love*, Kandidat, Maus. Man nannte sich hier beim Vornamen, mehr wusste man voneinander nicht.

Man zeigte sich. Als Körper.

Alles andere versteckte man.

Auf »Leben und Tod«. »An einer Grenze« etc. Das wurde heruntergerattert für die Presse, für das Netz. Im Denken herrschte Flaute vor dem *swim*; gern auch in der Woche, ach was, in den Jahren danach, feixten die Alten. Das Gefühl trafen die Floskeln ohnehin nicht.

Charles schlürfte. Das durfte man nicht am Tisch mit Maude (= ohrenempfindlich), wohl aber hier. Der erste Schluck Tee des Tages. Als er die Lider wieder hob, war der Strand weich, gluckernd blau der Kanal. Insektenbeindünne Sonnenstrahlen wärmten seine Arme. Ja, das war der Morgen: Die Verbindung zwischen Wasser und Firmament löste sich, es entstand Platz für Menschen und Tee und teesüchtige Möwen. Schaumweiß, der Schnabel von plastikhaft leuchtendem Gelb, landete eine neben seinem Fuß. Mr. Prim füllte ihm die Tasse nach, die Möwe schaute aufmerksam zu, da knallte es.

Man war taub oder hasste sie; noch mehr wurde sie geliebt. *Freda, the Queen!* Sie war mythisch und historisch. Stadt, Strand, Ruhm war sie obendrein. Und praktisch: ein Viereck, das zu rollen verstand, umwickelt von lilagrauem Vlies, umhüllt von Zigarettengeruch. In gebührendem Abstand folgte ihre Trainingsgruppe, kurz *FORCE* (*Freda's Organ of Robust Coercive Exercise*). Zwangsübung! Ihr Gesicht schwamm zu den Rändern hin breit auf, während Augen und Nase aufeinander zusteuerten. Der Mund machte beide Bewegungen mit, in der Mitte geschürzt, außen fischweit, den zerriss es bald.

Fredas Mund war Fredas Design. Er war neu. Laut zählte er, sprich sie, die Trainierenden in die See hinein. Und später, sehr viel später, wieder heraus. Das war englisch gedacht und ausgedrückt, und ebenso wurde es auch getan. Die Königin des Strandes, ehrenamtliche, selbst ernannte Schwimmhelferin, Mutter des Querens, klappte den Elektrokocher auf, füllte in null Komma nichts Tee in Thermosflaschen, brüllte *cup a pound* über den windigen Sand und vernichtete Mr. Prim mit einem Seitenblick. Handtücher verlieh sie ebenfalls. Kommerztrieb, Schäfchenimpuls, Charity, hier waren sie eins. Und das Weiße dort rechts, hinter der Hafenmauer, war die *Henry V*? Fredas Tochter hatte 1990 die Wasserader in drei unmittelbar aufeinanderfolgenden Runden durchquert: nach Frankreich kraulen, umdrehen, nach England kraulen, umdrehen, zurück nach Calais. Kraulen, kriechen, kotzen, vierunddreißig Stunden, vierzig Minuten, *your Mum's so proud of you*.

Eine Jungmöwe hackte mit dem Schnabel in Fredas Cremetopf. Ergebnis: panisches Flattern, Möwe im Kopfstand, Beine und Schwanz in der Luft, Schnabel festgeklebt. Gelächter sprang von Mund zu Mund, kollerte über den Strand. Freda packte das senkrecht in die Luft stehende, wie im Sturz gefangene Tier am Bauch, zog es heraus, opferte ein Handtuch und wischte der völlig perplexen Möwe den Schnabel ab.

»Das macht selbst die dümmste Möwe nur einmal.«

»Das ist Darwin, live!«

Die Force klatschte, der Vogel torkelte davon. Charles fühlte sich mit jeder Minute besser. Fredas neue Lippen waren aus Silikon, leicht rosa »von Natur«. Selbstverständlich kaufte er ihr einen Becher Tee ab; als Gegenleistung stülpte sie ihre Unterlippe um, damit er die Naht sah.

Die alten Lippen hatte die Seebrise weggefressen. So über die Jahre hin. Weil alles hier sein Bestes gab.

Auf Bestleistung würde der Motor der *Henry V* tuckern, der Wind pfeifen, das Meer klatschen, branden, brausen, *what have you*.

Und was wollte er?

Fredas Hände fuchtelten vor seiner Nase: Keine Ahnung habe er, Charly, von nix. Wie sie ihre polierten Krällchen nach ihm spreizen und ihm den mit Vaseline eingeschmierten Hals verdrehen würden.

»Wer?«

Oh, wie reizend er war!

Sie? Die Stimmen, sagte sie, die Halluzinationen, die untergegangenen Ichs! Oder?, meinte Freda, Große Mutter von Spuk und Gespinst, nur dass das mit Nixen, Jungfrauen, Frauen bekanntlich so eine Sache war. Wie mit der See.

Klein sah der Kanal auf Karten aus, nicht mehr als ein Sträßchen, ein Äderchen, ein silberner Wurm. Am Strand indes wusste man Bescheid: Hier kraulst du den Mount Everest hinauf. Nur länger (= *Darwin live*).

Den Achttausender erklommen inzwischen mehr als drei Menschen am Tag; den Channel überquerten in *solo swims* maximal achtzig pro Jahr. Fast in jeder Saison kam es zu Todesfällen, auch wenn das Reglement streng gehandhabt wurde und man nur in Begleitung eines Bootes überhaupt aufbrechen durfte. Wie die Kreiden nun glänzten! Das Gewirr aus dem Lot geratener Felsen drückte den Morgenhimmel über dem Städtchen zu einer Beule auf.

Do you mind?

Er hatte die Schuhe auf den Abtreter gestellt, Sampo, den Setter, gestreichelt. Durch den Türspalt sah er sie auf dem Sofa, eng beieinander hinter einem Notebook. Im Verhältnis zu Nase und Mund fielen Maudes Stirn und Kinn klein aus. Dass es hübsch wirkte, war ihrem welligen Haaransatz zu verdanken. Er spürte noch, wie gebückt er dagestanden hatte, die Klinke in der rechten Hand, ein halber Körper, der halbe Körper sah. Maude hatte ihre nackten Füße (sie trug nie Strümpfe zu Hause) unter Silas' Schenkel geschoben. Die beiden übten, hieß es, für ein Konzert, sie hörten Musik, unterhielten sich. Charles stand die meiste Zeit im Labor und roch, wenn er nach Hause kam, nach Chemie. So Maude. Lange hatte er geglaubt, sie verstecke hinter ihrer Fröhlichkeit, dass sie Hazel vermisste, die in Deutschland geblieben war. Maude saß die Woche über, während er in Oxford arbeitete, allein im Haus. Leeres Nest. Das hatte er sich schön zurechtgelegt. Nichts hatte sie vermisst!

Silas' Oboe lag auf dem Klavier. Ein Körper für Finger, ein Körper mit Klappen und Zügen. Maude war in London aufgeblüht. Silas' Freunde nahmen sie und die Musik umgehend in ihre Kreise auf. Mit Handkuss. Das hatte sie ihm mehrfach erzählt. Die Abkoppelung der Briten von Europa störte sie nicht. Sie hatte ihre Zeit auf dem Kontinent gehabt, sagte sie. Charles hatte widersprochen, wie konnte man nur so egoistisch sein. Irgendwann müsse man damit anfangen, sie sei sechzig, hatte seine Frau erwidert, »ich bin jetzt dran«.

Damals, in der Tür, bemerkte sie ihn nicht. Nur Silas' Augen folgten ihm, als er sich zurückzog.

Ob die beiden miteinander ins Bett gingen? Kam es noch darauf an? Mit zwanzig war die Eifersucht deutlich gewesen, die Liebe, die Exklusivität, die Scham. Mit zwanzig war alles einfach gewesen.

Und nun, ein halbes Leben später? Musste er erschrecken?

Er erschrak.

Doch wovor?

Maude nannte ihr neues Leben Zu-Hause-Sein. Silas kam während der Woche vorbei. Charles sah ihn weniger als vor dem Umzug nach England. Er spürte seine Anwesenheit. Wenn ein Handtuch im Bad über den Wannenrand hing, der Sessel vor dem Erker im ersten Stock so stand, dass man die Füße auf das Brett legen und zum Fenster hinausrauchen konnte. Vor allem aber nahm er den Freund an seiner Frau wahr. Er roch ihn an ihr. Maude roch wieder stärker wie Maude-von-einst. Mitunter wollte Charles sich an die Nase greifen; es schien ihm eine Sinnestäuschung zu sein.

»Ah«, sagte Freda, eindeutig keine Sinnestäuschung. Sie hatte mit ihm hinaus auf den Ärmel geblickt. Ein Rauchkringel stieg aus ihrem Mund: »Die Welt hat ihre Peitsche erhoben.«

Pause. Kringel. Das halbe Krustenwesen an seiner Seite drückte die Zigarette aus und lächelte ihn an.

Candidate sure.

Brendan, am Telefon. Sein persönlicher Seebär mit Seebärenfigur, kurz, kräftig, behaart. Es fehlte nur der Bass – als hätte die Meeressonne dem Piloten nicht nur die Augen ausgebleicht (hellblau), sondern auch seine Stimme in die Höhe geschraubt. Sie hatten längst alles durchgesprochen, nun musste es wiederholt werden, es ging ums Protokoll: *Why do you want to swim?*

Brendan, bald für vierundzwanzig Stunden Charles' einziger Freund, sein mächtigster Feind (= wenn er ihn aus dem Wasser zog, bevor er es nach Frankreich geschafft hatte, wenn er ihn seinen Versuch nicht zu Ende versuchen ließ), Brendan wartete.

Weil es eine Schnapsidee war. Die ihm allein gehörte.

Das war kein Grund. Das waren schon zwei.

That's why, rief Charles in die Luft, dorthin, wo früher beim Telefonieren ein Stück Hörer zu sehen gewesen wäre.

Der Pfad führte durch Mischwald, glitschig, die Kreide trog. Dass Charles eine Unterkunft außerhalb Dovers auf halbem Weg nach Folkestone bezogen hatte, wo er täglich mindestens zwei Mal die Klippen hinunter- und hinauflief, war Teil des Programms. Mitunter schwamm er morgens mit den anderen im Hafen, heute wollte er in seinem B&B frühstücken; danach würde er lesen, schlafen, ein zweites Mal laufen. Jetzt, so kurz vor der Überquerung, ging man nicht mehr ins Wasser. Es galt, die Schultern zu schonen, die Sehnen, die Haut.

Captain Webb war nach der Überquerung für eine Woche taub gewesen. Umringt von Journalisten, ließ er am neunten Tag protokollieren, dank der vierundsechzig geschwommenen Kilometer ein wenig Muskelkater in den Beinen zu verspüren. Den rohen Fleischkragen um seinen Hals erwähnte er nicht. Man hatte lächerliche Vorstellungen von Tapferkeit gehegt. Hegte sie noch.

Zwischen Klippen und Kanal lief die Bahntrasse, für Fußgänger führte eine eiserne Brücke über die Schienen. Charles kletterte. Am Horizont gegenüber zeichnete sich die französische Küste so klar und zart ab, als hätte die nun zur Gänze aufgestiegene Sonne sie über Nacht auf der anderen Seite der Erde ausgebrütet und frisch zum Aushärten ausgelegt.

The Channel. Des Teufels Schiss. Silas' Gesicht.

Silas, Inhaber von Chang & Barnes, Tea Incorporate. Silas Incorporate, bester Freund, Wasserkamerad, vor zehn Jahren in Düsseldorf wiederaufgetaucht: Silas, Sternzeichen Löwe, die einst blonde Mähne noch dicht, einer, der ins Zimmer trat, und die Wärme stieg, dabei englisch, also nicht laut, eher strahlend, mit Feinsinn und *wit*, ein Stück Zuhause auch für ihn, Charles. Maude entfachte das Feuer im Kamin am Rhein, Silas schickte Karten für den Sims, brachte *sweets* und Buchklassiker für Hazel, die Tochter des Hauses. Maude las die Romane; sogar Charles nahm Dickens zur Hand.

Sonntags servierten sie englischen Roast für ihren Gast, Maude buk Scones oder Pies; immer häufiger reiste Silas auf einem seiner zahlreichen Asien-Teeflüge über Frankfurt, erzählte von England und verband Charles und Maude mit ihrer Vergangenheit. Er achtete darauf, nur zu erwähnen, was man vermissen konnte. Die rollenden Himmel. Die beflissene britische Verlegenheit. Victoria Sponge, Biskuitteig mit Marmeladenfüllung und Creme, süß wie das verlorene Empire der ewigen Queen. Der tatsächlich ewig wehende Wind.

Silas war schrecklich begabt. Marmite brachte er mit, dunkelbraunen englischen Hefeextrakt, und Maude verdrehte die Augen und mochte das Zeug *noch immer.* Silas, der Charles um einen halben Kopf überragte und in der Brust schon als Siebzehnjähriger um 12,5 Zentimeter übertroffen hatte. Silas, das Kind ohne Mutter, das dennoch ein Zuhause hatte, einen Vater, der sich kümmerte, mit dem Sohn in die Ferien fuhr und das Börsenparkett Londons gegen eine Villa in den Cevennen tauschte, bevor er einen Herzinfarkt bekam, während Charles' eigener Vater, ein ehrgeiziger, in vielem ängstlicher Mann, den zweiten Infarkt abwartete, um im Anzug, Zahlen murmelnd, mit dreiundfünfzig Jahren zu sterben (die Börse war seine Welt gewesen, Charles hatte sie nicht mit ihm geteilt). Silas, der so unbeschädigt durch die Zeiten gewandert schien, dass Charles neidisch wurde, Silas, der sich inzwischen auf etwas verstand, was ihm früher abgegangen war = er lachte mit ansteckender Heiterkeit über sich selbst, was hinauslief auf *Silas, ever more charming* und kulminierte (verdammt noch mal) in einem Silas, der schon in Düsseldorf Oboe mit Maude spielte, als hätten er und sie niemals damit aufgehört.

Spielte und sagte wie nebenher: »Man begegnet sich immer zwei Mal im Leben, heißt es nicht so auf Deutsch?«

Silas, kurzum, die englische Invasion. Da saß der Mensch, den

Charles zu einem hohen Preis vor langer Zeit einmal losgeworden war, in Charles' Wohnzimmer und machte das Familienleben angenehmer. Hazel und Silas' Tochter freundeten sich miteinander an und besuchten Silas' Vater Tex in dessen Villa in Levain, wo es statt Raupenzucht nun eine Werkstatt gab, in der Blasinstrumente repariert wurden. Maude hörte zu, Maude wartete, hörte immer aufmerksamer zu. Er hatte unterschätzt, in welchem Maß sie über das Ohr lebte: Laute, Töne, Worte. Bald sah sie Fotos an, klickte durch die Internetangebote des extrem überhitzten Immobilienmarktes der Inselhauptstadt und eröffnete der Familie – ausgerechnet Maude, die in Deutschland »eingeheimischt« lebte, so Hazel, Maude, die das schönste Deutsch von ihnen sprach, jenes mit dem unübertrefflich britischen Akzent –, eröffnete ihnen, Silas saß ebenfalls dabei, dass sie nach London zurückgehen wolle. Genug Lebenszeit auf dem Kontinent verbracht. Sogar der Linksverkehr fehle ihr!

»Und ich?«, hatte er gestammelt.

»You'll see to it.«

Ein Jahr später zogen sie um. Charles fühlte sich taub davon, mit welchem Tempo alles geschah. »Aus heiterem Himmel.« Er verschlechterte sich finanziell – von der Konzernforschung zurück in die akademische Welt. Seine alte Universität nahm ihn auf, man wirkte sogar erfreut, allerdings würde er zwischen Oxford und London pendeln müssen. Nach der Besichtigung von Portland Terrace hakte Maude sich bei Charles unter, sie war froh, sagte sie, dass er nachgegeben hatte. *Equals* kam darin vor, und *joy*. Dann sagte sie den Zuhausesatz.

Als es so weit war, fand Charles sich besser mit der Situation zurecht als erwartet. Seit mehr als hundert Jahren waren die Mitglieder sowohl seiner Mutter- wie seiner Vaterfamilie durch Europa gezogen, mal erfolgreich, mal strauchelnd, mal freiwillig, mal getrieben. Gern abenteuerlustig, melancholisch, nervös. Vielleicht hatte etwas davon sich weitergegeben, als *Wanderlust*. Maude war schwerfälliger; nur Charles zuliebe war sie aus England fortgegangen – nun ja, und um ihrer selbst willen war sie zuvor schon nach Wien aufgebrochen, nun wollte sie um ihrer selbst willen zurück, wie es schien. Ihr Zuhausesatz allerdings irritierte ihn: Wie kam sie darauf, dass Düsseldorf ihm kein Zuhause gewesen war? Dass er sich in England nicht ohnehin heimisch fühlte?

Für das letzte Stück des Kreideweges beschleunigte er. Die Tafeln, überzogen von Kerben und Schrunden, standen steil gegen den erstaunlich blauen Morgen. Bienen summten zwischen den hartholzigen Küstenpflanzen, Meisen schossen als Federbälle von einem Gebüsch ins nächste, ständig griff ihnen der Wind unter die Federn.

Suchte er den Kanal als große physiologische Tröstung?

Als absurde Verzauberung?

Die Luft gurgelte, pfiff. Das Meer machte Krach, die Sonne zog lautlos dahin, das war eine der Leere des Alls geschuldete Illusion. Die abgeblühten, kahlen Stängel eines hüfthohen, schwarzsamigen Unkrautes, das er nicht kannte, lagen auf der Klippe fast horizontal über der Erde, aus der sie wuchsen. Sie beugten sich mit dem Wind, richteten sich mit ihm auf. Das Fahren und Stoßen der Böen nahm immer noch zu.

Um 12.40 Uhr hatte die Tide gewechselt. Täuschend echte MGs gegen die Wange gedrückt, standen sie vor dem wandgroßen Bildschirm, eine kräftige Frau, ein alternder Cowboy, ihr zart gebautes Kind. In der Arcade tanzte der englische Bär, rockig, kommerziell. Die Stadt wirkte heruntergekommen, nur das Wetter war, wie üblich, in Topform, sprich seiner Vorhersage voraus. Kaum fingerten ein paar Sonnenstrahlen durch die Wolken, stürzten die Zweibeiner aus ihren Höhlen. Wer konnte, griff ein Instrument, spielte Lieder nach. Breiige Musik quoll über den Hafen an Englands engstem Meer.

Er kaufte sich einen Strohhut mit breitem Rand, pfauenblaue Schlabbershorts, Plastikbadeschuhe. Kurz, grauhaarig, stand sein Bild im Spiegel der Umkleide. Die einzelnen Teile seines Körpers gingen wohlproportioniert ineinander über, dies hatte im Wasser immer geholfen. Kraulen auf die Lang- und Mitteldistanz, doch fast ebenso effektiv schwamm er Brust. Anatomisch ideal. Er wusste zu beiden Seiten zu atmen, was ihm erlauben würde, sich links oder rechts der *Henry* aufzuhalten, sodass der Schiffskörper Wind und hohen Wellengang in jedem Fall für ihn abpufferte.

Die Frau an der Kasse vor Charles, weiße, englische Waden, Blümchenrock, packte einen rosafarbenen Mädchen-Tutu-Badeanzug sowie eine rosafarbene Tauchermaske und Schnorchel in die Plastiktüte. Eine Flasche Gin, drei Riesenpackungen Kartoffelchips lagen bereits darin. Er wusste, was Maude ihm jetzt zuflüstern würde: *So very English indeed*. So ungesund! Auch Freda hätte seiner Frau missfallen: Dieser eckige Menschkeks war englisch zum Heulen. Nicht minder der Strand: Noch die ältesten Weibchen spreizten die wehhäutigen Kurzbeinkörper auf Felsen und klappten dabei das rosafarbene, willige Maul auf und zu wie in Luft ertrinkende Fische.

Ging Maude ihm noch immer ab?

Die zehnte ungespülte Teetasse im Küchenbecken vermisste er nicht. Die getragenen T-Shirts am Heizkörper im Bad, die sie noch einmal anziehen wollte und dann vergaß, vermisste er ebenfalls nicht. Niemals.

Nur manchmal.

Früher (dreizehn Monate her) hatte er bisweilen daran gerochen, wenn er ins Bett ging. Maudes Körper hatte sich in den letzten Jahren noch einmal verändert, er sah es mehr, als dass er es fühlte, tagsüber oder bei Licht am Morgen, wenn sie sich neben dem Bett anzog. Sie schien weicher zu werden, die Haut dünner. Lag sie in seinem Arm, immer links, passten ihre Körper ineinander wie eh und je. Selbstverständlich hatte dies mit Vertrautheit zu tun, aber das war es nicht allein, von Anfang an hatten ihre Knochen zusammengestimmt, die Längen der Glieder. Das alterte einem nicht weg.

Es war weniger oft aufregend und weniger aufregend vielleicht auch. Keine Pheromone mehr im Körperduft, sagte die Chemie. Bei ihr. Und bei ihm? Sie gingen, hatte er Semesterferien und arbeitete zu Hause, an den meisten Abenden getrennt zu Bett. Maude war eine Nachteule, er nicht; sie spielte im Erdgeschoss Klavier, zwei Stockwerke über ihr lauschte er ihren Tönen und schlief ein.

Morgens betrachtete er sie. Scharfes Stirnprofil, die gebogene Nase mit den weiten Flügeln. Die untere Hälfte ihres Gesichtes war altersweich geworden. Er wollte sich an sie schmiegen, ihre Arme und Schultern fühlen, ihre Brust. Fast schämte er sich, so sehnsüchtig zu sein nach all den Jahren. Aber nur fast! Er weckte sie auf, indem er die Stelle hinter dem Ohr küsste, wo ihre Haut bläulich durchsichtig über den Knochen spannte. Dort führte ein Pfad in sie hinein.

Er hatte das Gefühl, zusammen mit Maude vollständiger zu sein, gefüllter. Eine gänzere Person.

A wholerer man.

Sie war der Mensch, mit dem er zahllose Erinnerungen teilte, der seine Scherze auch in Anspielungen verstand. Sie war seine Familienwelt, all seine Kontakte außerhalb der Arbeit liefen in ihr zusammen. Sie war seine Welt jenseits der Chemie.

Inzwischen nahm er an, dass sie an ihren Abenden allein im

Wohnzimmer nicht nur Klavier gespielt hatte, sond… foniert.

Wenn sie mittags im Morgenmantel in der Küche er… er mit ihr zusammen einen zweiten Porridge. Sie riefen … lasen einander aus der Zeitung vor. Printausgabe zum Wo… de. Sie teilten, was peinlich war. Dass er After Eight mocht… sie rosa Unterwäsche mochte (wenigstens nicht an ihm) un… mindestens einmal im Monat einen Tag lang die gesamte Staff… ner neuen Serie reinzog. Cumberbatch als Sherlock Holmes, L… don heute, das müsse er sehen, diese Wangenknochen und er… der Bass. Charles zog sie auf, sie streckte die nackten Beine aus… schob ihm die Füße zwischen die Beine und warf eine Mandarine nach ihm. Er schaute Holmes mit ihr zusammen an, fütterte sie mit Mandarinenstückchen. Danach allerdings wanderte er nicht durch London mit ihr, sondern ging an den Computer, arbeiten. Er stellte sich diese Zeit ohne ein Ende vor.

Die Flut schluckte die unterste Stufe der Piertreppe, Stein, für Riesen gehauen. In der Arcade sprangen zusätzliche Automaten an, einarmige Banditen, Rapid-soccer-Tische. Man konnte seine Reaktionen testen, brauchte aber jemanden, gegen den man spielte.

Eine Gruppe Jungs pfeilte, einer nach dem anderen, von der Hafenmauer ins Wasser just neben dem Schild, das Kopfsprünge verbot. Sein Telefon klingelte.

Charles' Überquerung war gemeldet, gemeldet der Landgang. Die Genehmigung galt, so Brendan, ab sofort. In Frankreich durfte der Schwimmer, der keinerlei Dokumente bei sich hatte, zwanzig Minuten an Land bleiben. So das internationale Schiffbrüchigenrecht. Danach griff europäisches Recht. Ab der einundzwanzigsten Minute zählte man als illegaler Einwanderer.

Take your passport at least to the boat.

mmerte wie dünner Stahl. Die Route aus Dover hinaus in den Ärmel, eschuldeter S-Form auf Frank-

eich aus. Allein, je schwächer man Strömung einen ab. Einer wie er riss trieb so viel länger als ein Junger in der eicht. Geradeaus kam keiner durch.

lich. Lebenswahr. Wer einen Nachteil hat, be- nen draufgepackt.

wamm beaufsichtigt, abgesichert, vorbereitet, alles mögliche war getan, man wurde gefüttert, unterstützt. ben: der Körper und seine Nöte. Das Atmen, das Ziehen der e, die Drift.

See, hatte sein Grandpa gesagt, *don't blink!*

Regel 8 der Channel Crossing Association in Charles' Version: Nicht denken. Durch.

Regel 8 offiziell: Im Wasser gibt es keinen Gegner.

Es gibt nur dich. Ein Spiel ist es nicht.

Die Automaten schossen, piepsten und klingelten.

Ein Spiel war es gleichwohl. Die Überquerung glich dem Wurf einer Münze. Nur dass man selbst die Münze war.

Man flog, man stieg, man sank.

Die rosa-weiße Porzellanfigurine, Schäfer kniend vor Reifrockdame, hatte er in den Schrank verbannt, den Tisch leer geräumt, um seine Karten auszubreiten. Die Tapete, zartrot und lindgrün gestreift, zierte eine Bordüre von Rosen. Schon vor Monaten hatte er sich das Zimmer im ersten Stock des B&B reserviert, mit Seeblick, wenigstens von der Seite. Weit unter ihm schaukelten Vögel auf den Wellen, weiß und ruhig.

Regel 1: *The Channel is not your friend.*

Er fluchte: Kochend heiß schoss das Wasser aus dem Hahn unter dem Gipsblumenspiegel. Mischbatterien wurden in England weiterhin für unnötig gehalten. Verbrennen oder erstarren, wollte er etwas anderes? Er rasierte sich die Waden, Achseln und die Brust, damit die Schutzcreme besser einzog. Seine Beine schienen um die dreißig Jahre alt. Zehen zwanzig. Arme fünfundvierzig. Bisweilen wunderte er sich über die Falten zwischen Nase und Mund, als wären sie neu. Innerlich fühlte er sich in allen Altersstufen auf einmal, sieben und zweiundzwanzig und einundvierzig. Fiel eine Treppe hinunter, ein Baby im Arm; sprang von einem Felsen auf Sylt in die Nordsee; umarmte Silas nach dem ersten Staffelsieg für den Camden Swimming Club. Ein erstaunlicher Prozentsatz der Kanalenthusiasten zählte über sechzig. In diesem Alter hatte man das Geld für die Vorbereitung, die Zeit. Es ging weniger um Kraft als um Zähigkeit, kam nicht allein auf den Körper an, sondern auf Willen, Vorlauf und Geist.

Ein Sport war es nicht.

Die am Strand nannten es *challenge.*

Er sprach es ihnen nach.

Ihn im Schlepptau, würden sie ausfahren. Die Klippen fast durchsichtig in der Morgendämmerung, Richtung Südosten Schlitze im Firmament vor körnigem Blaugrau. Brendan würde entscheiden, ob Charles' Versuch stattfand. Last-minute-Nachrichten, Wetterkontrollen auf www.windy.com.

Ihn im Schlepptau. So sähe es aus. In Wirklichkeit wären sie durch nichts miteinander verbunden.

Antwortete man dem Piloten nicht oder trat nur auf der Stelle, zog die Crew einen heraus. Das Recht auf eine eigene Entscheidung gab man ab. Das Recht auf Gegenwehr.

Wann brach eine Zukunft zusammen?

Wann entschied sich, dass ein Wunsch sich nie erfüllen würde?

Er hatte trainiert. Und trainiert.

Gezittert, geflucht.

Einen Coach gesucht, acht Kilo zugenommen = jede Menge deutsche Schokolade im Netz bestellt. Seit dem Brexit-Votum war die britische Toblerone um eine Spitze kürzer als jenseits des wässrigen Ärmels, dafür teurer. Zuweilen war er in Portland Terrace über Nacht geblieben, aber nur, wenn das Haus leer stand. Mit Maude hatte er telefoniert, sogar das ein oder andere Küchengespräch geführt. Was Praktisches anging, waren sie immer gut gewesen, gut auch als Elternpaar. Sie wollte etwas von ihm, er verstand nicht, was. Silas hatte also den Novemberbrief gelesen. Und, so Maude, nur den Kopf geschüttelt. Das könne er, Charles, schön selbst aufräumen. »Das schuldest du ihm. Er war dein bester Freund, oder?«

Aber darum sei es ihr nicht gegangen, als sie den Brief an den Kühlschrank klemmte. Oder nur in zweiter Linie. In erster Linie … also … ja, sie habe ihn erinnern wollen. Verstehe er wirklich nicht, warum? Und woran?

Schneckenlangsam war er zur Kältegewöhnung im Herbst in die Isis gekrochen. So hieß die Themse in Oxford, was seinerseits so hieß, weil an dieser Furt selbst Ochsen so geschlottert hatten, dass ihnen die Knie knackten. »Eisig« war eine Untertreibung. Im Schatten des Bootshauses von St. John's trocknete er sich eine Viertelstunde später, dreißig Minuten später, eine Stunde später ab, zog Thermo- und Vlieswäsche über. Danach setzte er sich auf eine der Parkbänke an Christ Church Meadow. Schönen Stücken Feldspat gleich standen die morgendlich überfrosteten Bäume in den Himmel. Lautlos klappten Krähen die Schnäbel auf und zu. Sie bewachten die kahlen Zweige, die Wärme, die Zeit.

Der Kamin des Shakespeare Inn rauchte, als wäre das Gebäude einem Gemälde des 18. Jahrhunderts entsprungen. wurde hier denn gekocht? Oder war das Innere so dunkel und feucht? Die Plakette an der Hauswand sagte 1642. Charles verstand: englischer Steinbau. Am Kanal. Im Dauerwind. Da testete man Mitte August, ob der Kamin noch zog. Der Mann an dem Terrassentisch, aus dessen Mitte ein Sonnenschirm wuchs, winkte ihm.

Charles schüttelte Brendans Hand. Sein Pilot, Fischer im Hauptberuf, war am liebsten nachts unterwegs. Die Seekarte vor ihm glänzte salzig. Mit der Fischerei hatte Brendan als Kind begonnen. *Family business*. Dass es so etwas noch gab. Nun fischte er Menschen, im Sommer, zog sie lebendig aus der See.

Kinder hatte er nicht.

Einer aus seiner Familie allerdings komme mit, Cedric. Der habe es zu sonst nichts gebracht.

»Klingt beruhigend«, sagte Charles.

Brendan lachte, er konnte das wie in Zeitlupe. Cedric sei als *nurse* ausgebildet. Keine Sorge. Er ebenfalls.

Charles winkte ab. Musste er alles wissen? Start also in der Morgendämmerung. Seit drei Tagen nahm der Mond ab, das besänftigte Ebbe und Flut. Brauchte Charles länger als siebzehn Stunden, wurde es eine Nachtfahrt, so oder so.

Das Reglement folgte Webbs erster Kanaldurchquerung. Auf der Insel war das Jahr 1875 nicht fern. Man lebte in Häusern von damals. Man gab sich bescheiden. Gestückeltes Sonnenlicht staffelte den Himmel wie alten Schmuck, ein angelaufenes Geschmeide, von überirdischen Hämmerchen ziseliert. Die klein gewachsene Bedienung wischte die Möwenkacke vom Tisch. Es war fünf Uhr, man nahm den Betrieb wieder auf. Die Luft roch nach Tang. Wellen von Wind liefen über den Rasen, das wassergrün-gelbliche Schild des Pubs mit Shakespeares Kopf schwang hin und her.

»Apfelsaft«, sagte Charles.

Spätestens sechs Stunden vor dem Aufbruch werde Brendan ihn anrufen. Von Frankreich gehe es dann mit der *Henry* zurück. Drei Stunden, vier, je nach Seegang.

Er sah sich als langgestreckte Gestalt schlafend auf den Planken, in Decken gewickelt. Mit eisgrauem Bart im ersten Sonnenschein.

»Unsinn«, sagte sein Pilot. Er setze seine Schutzbefohlenen in die Kabine. Aufrecht, wach. *To check whether they're alright.*

Brendan trank Ale, stellte den kleinen Krug ab, packte Charles' letzte Hausaufgabe auf den Tisch: die Namen all jener, die in den letzten Jahrzehnten ihren Schwimmversuch mit dem Leben bezahlt hatten. *Sorry, mate.* Da müsse er durch.

Das mache ihn stark.

Kabel spannten sich über die Straße zum nächsten Hohlmast, an dem sie, in Haken geschlungen, zu einem unbekannten Sternbild zusammenliefen. Die Luft raschelte, sauste, rieb.

8. September 1954: Edward J. May. Allein unterwegs. Leiche im Oktober an der niederländischen Küste gefunden.

Sommer 1984, Kumar Ananadan aus Sri Lanka.

...

14. Juli 2013, Susan Maylor, eine Meile vor Frankreich, Zusammenbruch des Herz-Lungen-Kreislaufs.

Nick Thomas, 45 Jahre alt, weniger als eine Meile vor dem Ziel, 27. August 2016. 16 Stunden im Wasser, Herzinfarkt.

Douglas Waymark, Mitte 40, 8. August 2017, Herzattacke nach dem ersten S-Bogen in der Mitte der Meeresrinne.

So did he see?

Die letzte Meile war am gefährlichsten. Regel 10: Es gibt keine Sicherheit.

Charles schluckte den süßen Saft.

In der Nähe der See ähnelten Wasser und Gras einander. Das Gras lief in Wellen. Selbst der Flügelschlag der Vögel passte sich an.

It is a love-hate relationship, sagte sein Fahrensmann. Kurze, dicke Arme, rötliche Wimpern, das T-Shirt von wildem Gelb. Ein Shirt für den Landgang, das begriff er jetzt. Man konnte es sehen, wenn man von französischem Sand zurückstapfte Richtung Boot.

Brendan trug es für ihn. Ein Hoffnungsshirt.

Die Enttäuschungen seien das Schlimmste. Man müsse damit rechnen. Das Ganze eine gewaltige Herausforderung.

Schweigend saßen sie vor einer Hecke dunkel blühender Wicken. Die ersten Wespen schwirrten über den Blüten, Bier und Saft zogen sie an, der Pilot schlug nach einer, verfehlte sie.

Hingeben werde er sich müssen, sagte Brendan.

Wem?

In Gummistiefeln hatten die Oxforder Nachbarn jahrein, jahraus im Garten gestanden; anders als Charles wuchsen sie ohne Anstrengung in den Untergrund ein. Der gab sich weich. Englischer Boden war eine Art Wasser, knapp in einen nicht mehr flüssigen Aggregatszustand versetzt. Shakespeare lag wie lange zurück? Jedes Kleinkind hier träumte von Fossilien, es buddelte darin. In England bedeutete eine Vergangenheitsobsession wirklich etwas anderes als östlich des Rheins.

Charles reichte den Scheck mit der letzten Rate über den Tisch. Er wollte hinüber. Der Schiffer wollte keinen toten Kunden. Schädlich für das Geschäft und den Schlaf. Oder auch andersherum, sagte der Mann im Landgangshirt und heftete die Zahlungsanweisung in einem billigen Ordner ab. Blümchenmuster, verwischt.

Hingeben.

»Dir?«

»Auch«, sagte der Pilot.

Der Abenteurer musste selbst wissen, was die Verabredung bedeutete. »Ablenkungen«: Sturm, Tanker, Panikattacke, nicht endender Krampf.

Der Abenteurer hatte die letzte Schuld bezahlt, sich Fett gegen die Kälte angefressen, das Robbenprinzip.

Der Abenteurer mochte seinen Piloten. Andersherum galt das hoffentlich auch. Wollige Samen trieben über die Wiese, jeden Abend sah man Kaninchen springen.

Und was trieb Brendan an? Er brauchte das Geld. Die Fischerei lief immer schlechter. Da lag das Überquerungsgeschäft nahe. Charles nahm an, dass es ihm auch gefiel.

Er unterschrieb, dass er gehorchen würde.

Unversehens saß er in einer Lichtmühle. Er saß auf einer Bank des Shakespeare Inn unter quietschendem Shakespeare-Schild in einem Schauer von Leuchtkörnchen, die auf ihn heruntergemahlen wurden. Hunderte Säcke von Lichtmehl waren explodiert. Eine Welt ohne Schatten, glitzernd und dicht. Er war aufrecht in sie gefallen.

Zeit, die den Weg nach vorn verfehlte, kehrte nicht einfach um und lief rückwärts.

Abigail stand neben der Bank, auf der er saß, und lächelte ihn an.

Ausgerechnet Abigail.

»Oh, you again!«, sagte eine Stimme in seinem Rücken.

Er fuhr herum.

»Morgen bist du dran!«

Ihre Filzhaare erinnerten ihn an die prophetische Alte in den Matrix-Filmen. Buk die nicht Kekse für Neo?

»Well«, sagte Freda, »that man is so much more handsome than you.« Die Kekse solle er heute Nacht ruhig essen. Ingwer aus dem Supermarkt.

Mit einer kleinen Verbeugung versuchte er, sie zu verabschieden. Woher wollte sie wissen, dass er morgen schwamm? Und er wusste nichts?

Brendan war früh aus dem Pub aufgebrochen, Charles hatte sich noch Spaghetti Bolognese bestellt. Sie lagen ihm samt den dazu servierten Pommes im Magen, er brauchte keine einzige Freda-Geschichte obendrauf (= der Japaner, der im Kreis gepaddelt war wie ein Goldfisch; der betrunkene Franzose, der, kaum hatte die Fähre Calais verlassen, von Bord sprang, um nach Frankreich zurückzukehren, aber die Küsten miteinander verwechselte und den gesamten Weg nach England kraulte; John aus Neuseeland, der jedes Jahr exakt fünf Stunden im Wasser durchhielt, dann abbrach). Mit John hatte er noch gestern gesprochen, am Swimmers' Beach; der Mann war zum dreizehnten Mal aus Australien angereist.

Sie leckte sich die Lippen, die metallischen Teile ihrer wetterfesten Kleidung klimperten, als wäre Freda ein Schellenbaum. Und er legte sich heute Nacht vielleicht das letzte Mal in seinem Leben schlafen.

Bunny, you need a scheme.

Einen Plan, das klang vernünftig. Sie diktierte, er tippte in seinen Kalender. Jetzt, wo er Freda nicht ansah, nur ihre Stimme hörte, mochte er diese Stimme.

19.00 Zu Bett gehen (sofort)
2.30 Aufstehen, dehnen, rasieren
2.45 Frühstück (Riegel, Tee)
3.15 Aufbruch (bestell zwei Taxis, eines kommt bestimmt)
3.30 An Bord gehen
3.50 Abfahrt Dover (Schätzung)
4.05 Ankunft Samphire Hoe
4.15 An den Strand kraulen

4.20 Ankunft am Strand

4.23 Letzte Gebete (wenn man daran glaubte: sowieso; wenn man nicht daran glaubte: sicherheitshalber)

4.30 Start

Vor Aufregung und vielleicht ein wenig aus Aberglauben drückte er ihr zum Abschied einen Kuss auf die Wange. Er überraschte sich selbst damit. Die Wange fühlte sich echt an, das überraschte ihn ebenfalls.

Sie tätschelte die seine: *You'll meet me again*. Pause. Ausnahmsweise rauchte sie nicht. Er spürte, dass sie ihm nachsah, als er ging.

Das Handy zeigte fünfzehn Grad, gefühlt waren es bestenfalls zehn. Trockene Blätter wirbelten in der Luft, karge, nahezu winterliche Bodenstellen glänzten neben Straßenlampen-Frühlingsgrün, als spiele eine Landschaft immer alle Jahreszeiten auf einmal durch, flüssig unter der Kruste, alles andere Tarnung, ein Trick der »Natur«, aufgeführt für den Menschen, der, das Leben vor Augen, eben dieses Leben nicht sah – zu geschwind zog es vorbei.

Statt zu schlafen, lief Charles draußen herum. Straßenlampe, Strommast, Pub-Schild im Wind. Kaum legte er sich hin und löschte das Licht, sah er Maude. Links vom Scheitel sprang ihr Haaransatz eine Fingerkuppe breit zurück. Maudes Wirbel. Er liebte diese Stelle. Sie war wie ein Ton. Legte er den Finger darauf, hörte er Maudes Musik. Das war von Anfang an so gewesen. Wie unsinnig: Wie konnte ein Wirbel auf einer Mädchenstirn, wo feinporige Haut in Haar überging, ein Schweben auslösen? Doch so war es geschehen. Bei Maude. Und bei ihrer Schwester Abigail.

Es dämmerte stark. Büsche hingen vom Saum der Klippe, diesem vor Jahrtausenden vom Himmel gestürzten Monstervogel, unten der im Aufprall breit geschlagene Körper, die Flügel aufgestellt, erstarrt.

Oder doch eine geronnene Wolke? Eine Lebenszwischenform, die vom Land zurückstrebte ins salzige Nass?

Eisenharte Pflanzenwurzeln, aufgegangen aus nichts, überspreizten die Risse im Stein.

Davor streckte sich der Kanal, eine Platte, schiefergrau-schwarz, ein Glitzern darin. Knapp vor dem Horizont zog ein Containerschiff Richtung Osten; ein Boot sowie ein Frachter mittlerer Größe befuhren die englische Rinne. Lichter; weit und breit kein Mensch. Nur er. Er nahm den Finger von der App, die Wetteranzeige erlosch.

Grenzer jeden Landes beobachteten jede Bewegung. Vermutlich falsch. Maschinen beobachteten jede Bewegung. Die Grenzer beobachteten die Ergebnisse der Maschinen. Flaute? Verkehr? Einer starrt auf einen anderen, der starrt. Wer benutzte welche Route, leichterte welche Fracht aus Holz, Metall, Plastik, Öl oder Fleisch und Blut.

Ein geistiger Vorgang, hatte Brendan gesagt. *It's the mind that decides.* Der Pilot sah, in welchem Zustand die Kandidaten zur Startzeit am Strand erschienen, bleiche Körper, die sich aus den Schatten der Felsen lösten, Fett nachrieben, auf und ab sprangen vor Nervosität. In den Gesichtern zeigte das Nervenflattern sich nicht, hatte der Herr der *Henry* erzählt, weil die Anspannung die Gesichter zu Masken gefror. Der Körper hatte sich zu diesem Zeitpunkt längst verabschiedet, der schwamm schon Stunden zuvor.

Also jetzt.

Die Tide, der Mond, *the mind.*

Charles schlenderte Richtung Samphire Hoe. Möwen schrien, in der Nähe des Parkplatzes jagte eine Horde Kinder, ausgelassen, weil niemand sie schlafen schickte, in der langen Abendhelligkeit über den Kies. Hohe Stimmen, glasige Luft. Zwei Männer, barfuß und in grauen Shorts, er hielt sie für ein Paar, so absichtsvoll sahen sie einander ähnlich, blickten still auf das Meer hinaus. In gischtigen Schlägen zuckte es herbei.

Niemand außer ihm wollte den Mann beachten, der ein Stück den Strand hinab aus den Wellen stieg. Sein Körper stand schattig gegen den weiterhin silbernen Horizont, das Wasser spritzte um seine Füße. Er nahm die Brille ab, klaubte einen Kiesel vom Boden, fielen allen am Meer immer die gleichen paar Gesten ein, und warf ihn in die Luft. In stolzem Bogen stieg das Geschoss, um am höchsten Punkt seiner Bahn stehen zu bleiben wie ein verlorener Himmelskörper. Der hagere Werfer drehte auf der Stelle und joggte in die entgegengesetzte Richtung davon, leichtfüßig, langbeinig, bald glich er einem Insekt. Sein Rücken schimmerte, als wüchse ihm eine hauchdünne silberne Folie aus den Schultern; es musste das abperlende Wasser sein.

Am Meer wurden Figuren größer. Charles hatte die Kioske erreicht. Eine Zufahrtsstraße war durch den Fels geschlagen worden, ein Informationszentrum errichtet, Bänke aufgestellt. Wimpel flatterten auf dem neuen Stück Land, gewonnen aus dem Aushub des Eurotunnels. Der überdimensionierte Parkplatz stand leer bis auf zwei weit voneinander entfernt geparkte Wagen. Krähen stolzierten in dem dunkelrosafarbenen Dämmer über das Umweltprojekt »Wiesengrund«. Er nahm an, dass sie Kleiderbügel suchten.

Sea, hörte er Grandpa sagen, den Vater seines Vaters, »schau, das Meer. *Swim!*«

Grandpa hatte ihn an die Nordsee gebracht, an einen Schwarm Blau, bevor Charles' Welt den Unterschied zwischen Welle und Tier enthielt.

You see?

Etwas hatte sich unter ihm bewegt, war aufgestoben, um seinen Kopf geschwirrt. Fort. Wieder da. Licht, das einer sich drehenden Drahtspule gleich auf ihn zurollte –

Blue!

Grandpa mit dem weichen osteuropäischen Gesicht neben ihm im Wasser, die blauen Augen auf einer Höhe mit seinen, hielt ihn am Kinn.

Wasser!

Charles, zwei Jahre alt, bewegte sich mit einer Furchtlosigkeit durch das fremde Element, die jeden außer Grandpa das Fürchten gelehrt hätte.

Sea!, sagte Grandpa und zeigte hinaus in das Blau, und Charles verstand, dass Sehen und Meer eines waren.

Noch einmal, kurz vor Mitternacht, musste er hinaus. Das Wasser war tiefblau mit einigen wenigen lichteren Streifen, rechts vor den Klippen wellte es sich glänzend dunkelgelb vom Schein des nun buttrigen Mondes.

Es war, als hätte der Kanal zu dieser Stunde weder Sehnsucht noch Kraft. Der Wind hatte sich gelegt, wie von Brendan vorausgesagt. Das Meer bot sich dar als samtiges, über ein Sofa gebreitetes blauschwarzes Kleid, irreführend sanft.

Machtvolle, strahlende Anwesenheit.

Dehnung.

Gelassener, fragloser Sieg.

Nachtkühle Luft wehte von den Graten und ihren weißen Trampelpfaden. Meerland, Grasmeer, Landmeer. Vier Mal hatte die Fähre im Februar die Einfahrt in den Hafen von Dover verpasst, so drückten Strömung und Wind das schwere Schiff aus der Fahrrinne, so wenig half es, am Steuerrad zu drehen.

Im Wasser würde es keinen Gegner geben. Nur Erschöpfung und Rausch, Verführung und Kraft.

Dass Leben aus Sauce entstanden war, aus Sonnenenergie in einer Pfütze H_2O, aus Zufall, Verklumpung und x, war und blieb wundersam. Amphibische Abenteurer, Wahnsinnige, waren an Land gekrochen, hatten um Atem gerungen, gejapst, sich geschüttelt, die weit aufgerissenen Augen sofort wieder zusammengekniffen, geblendet von der Strahlenfülle der Luft.

Was unterschied Vorher von Nachher, machte eine Katastrophe, eine Erkenntnis aus, einen Blick durch einen Türspalt oder auf einen Brief? Nichts änderte sich; der Zusammenbruch geschah lautlos im Kopf.

In dem schmalen Haus in der Kingston Road, in dem er in Oxford wohnte, hatte er den Brief, den er sich in der Küche in die Jackentasche gesteckt hatte, in Ruhe noch einmal gelesen. Um die Lüge ging es nicht, hatte Maude gesagt.

Sie beschämte ihn doch. Er hatte das Blatt vergessen gehabt. Damals hatte er Zwietracht gesät.

Und nun? Er las es erneut:

Liebste Maude,

wie geht es Dir? Meine Gedanken sind bei Dir, ich fühle mich zerrissen. Mit Silas habe ich kaum Kontakt, kaum mit Dir, doch selbst aus der Ferne spüre ich, dass ich Dir leidtue, was ich am wenigsten ertrage.

Wie es um mich steht, weißt Du. Im Herzen meines Herzens gab es für mich nie eine andere als Dich. Ich kann nicht länger mit ansehen, dass Du Dein Leben, ein Leben mit Silas, auf eine Lüge gründest. All die Monate habe ich mit mir gerungen, nun schreibe ich Dir.

Abigail und ich hatten einige Tage vor dem Unfall einen Streit. Mitten in der Nacht wachte ich davon auf, dass die Deckenlampe in unserem Zimmer ansprang. Sie stand in der Tür, betrunken, nackt unter Silas' Bademantel, den sie halb offen trug.

Sie liebe mich. Zugleich emfinde sie aber wie Du, was Silas angehe. Den liebe sie auch. Anders als ihr Schwesterherz liebe sie uns eben beide. »Während du«, sagte sie zu mir, »mit mir zusammen bist, aber Maudes Bild in der Passhülle stecken hast!« Da habe es ihr, Abbie, gereicht. Eben sei sie mit Silas im Bett gewesen.

Du hattest an dem Tag eine Freundin aus Deiner Schulzeit getroffen. Ich glaube, ihr wolltet zusammen abendessen. Erinnerst Du Dich? Natürlich erinnerst Du Dich. Wer von uns hätte diese Tage auf Sylt vergessen. Dir, wenigstens Dir, kann ich offen schreiben. Die Art und Weise, wie sie endeten, tauchte alles, was zuvor geschehen war, in ein grelles Licht, und wir hatten mit Dingen zu tun, die wir noch Stunden zuvor nicht zu benennen gewusst hätten.

Silas, sagte Abbie, sei wunderbar gewesen. So charmant. Sei ich nun endlich eifersüchtig, ja? Oder entsetzt? Dazu pikte sie mich immer wieder mit dem Finger in den Bauch – sie war betrunken, kippte zur Seite, rollte sich, noch immer in Silas' Bademantel, mitten auf unserem Bett ein und schlief.

Am nächsten Morgen wich sie mir aus. Nach außen wirkte sie heiter, erzählte, sie müsse für ihr Lehrerinnenexamen büffeln, verschwand für Stunden.

So ging es bis zu ihrem Unfall. Er hat uns alle verändert.

Ich nehme an, Du wusstest von dem Kind. Abbie war schwanger. Sie sagte, es sei von mir. Nun bin ich mir nicht mehr sicher. Sie deutete an, dass es da schon länger eine Affäre gegeben habe. Mit Silas also?

Was sie antrieb – ich kann es Dir nicht sagen. Wut auf Dich? Die Hübschere, die immer Bevorzugte? Auf mich? Oder weil unser Viererleben, das so einfach ausgesehen hatte, in keiner Weise mehr einfach war?

Weil wir uns entscheiden sollten, jetzt, mit dem Kind unterwegs. Dessen Vater nicht feststand.

Hat Silas Dir je davon erzählt? Ich will ihm nichts unterstellen. Vielleicht wusste er auch nichts. Ich meine, von der Schwangerschaft.

Maude: Ich schreibe Dir. Ich möchte, dass Du Dein Leben frei, ohne Lüge, aufbaust. Silas – und sie. Ich musste es Dir sagen.

Wenn Du mich brauchst, Maude: Ich bin für Dich da.

Und werde es sein, was auch geschieht.

Forever yours

Charles

2

Charles blickte seewärts, gegen den Wind. Die Fläche vor ihm war dunkel und glatt, einzig die beiden Begrenzungsleuchten der Hafenausfahrt spiegelten sich im Wasser. Das Deck kippte langsam, er kippte mit. Brendan hatte ihm lächerlich orangefarbene Leuchtstäbe hinten an die Badehose geklippt. Er konnte sie blinken sehen, er spiegelte sich nun ebenfalls.

Meter um Meter nach vorn. *Never give in to drowning. It's cold and you'll shiver.* Die *Henry V* tuckerte auf, das ölig-glatte Wasser am Heck bildete Strudel.

Mister C? Do you listen at all!

Die Nachtfähre nach Dünkirchen war raus, die aus Calais Meilen entfernt. Cedric, der zweite Mann der *Henry*, saß am Steuerrad. Stunde um Stunde würde Charles den Motor hören, das Wühlen der Schraubenblätter spüren.

Er war ein Idiot.

Der Idiot lächelte Brendan an, der sich routiniert einen rosafarbenen Putzhandschuh überstreifte. *You'll become an honourable fish.*

Ein ehrenwerter Fisch! Die Creme schützte die Haut, gegen Kälte half sie nicht. Vierzigtausend Armschläge wären es mindestens. Das rieb. Klumpen klebten am Hals, an den Schultern, unterm Kinn. Das tröstete. Der Wind warf Charles Geräusche an den Kopf wie ein Kind, das Sand schaufelt. Cedric, untersetzt, muskulös, nicht tätowiert (zu feige?, zu teuer?, Charles die falschen Klischees im Kopf?), ein gutmütiges Gesicht trotz der Metallringe in Nase und Unterlippe, Cedric hatte ihm noch am Anleger die Startnummer mit einem Edding auf den Oberarm gemalt. In Pink. Das hatte dem Kerl gefallen. Die Nachtluft war kalt.

Charles verzog den Mund kräftig nach links, nach rechts, um den Schutz auch in die Hautfalten zu verteilen.

Nur gut, dass keiner außer dem Fischer und seiner Crew ihn hier sah. Wohlwollend grinsten die Hinweise der Channel Swimming Association von der Website auf jeden Interessenten herab: Dringend rate man davon ab, die Liebsten zum Swim mitzubringen. Man könne in Zustände treiben, in denen sie einen besser nicht erlebten.

Ein kluger Rat auf einer kommerziellen Seite. Er hatte verstanden, was der Satz im Grunde besagte. Ob die Eigentümer der Plattform es ebenfalls wussten? Die Liebe hält nicht alles aus.

Idiot.

Samphire Hoe, diesmal von vorn. Das Sausen des Windes nahm zu? Der Panik? Heulte die bei jedem so? Sein innerer Körper schwamm nicht seit Stunden im Meer, sein innerer Körper saß als Maus in ihm und versuchte sich zur Gänze zu verkrümeln.

Krümel Charles. Einer wie er (= langsam) startete am westlichen Ende des »Meerfenchelfingers«, dann würde die Tide ihn auf keinen Fall in den Hafen von Dover zurückreißen. Früher hatte man sich von der Seemauer der Hafenstadt, einer dramatischen Ziehharmonika-Eisenwand, über die Bäche von Rost wucherten, in den Kanal fallen lassen oder sich hinabgehangelt an einer abblätternden Leiter, eine weiße Nacktschnecke vor den schilfgrünen und rotgoldenen, an manchen Tagen ölig schillernden Tönen des Metalls. Am Fuß sprangen schmale Betonnasen aus; auf den Fotos lagen sie im Wasser wie die Elfenbeintasten eines Klaviers.

Heutzutage stakte man zwischen Wand und Nudistenstrand über dicke Kiesel, Tang und Müll Richtung Bewährungsprobe. Kein Sturz, sondern einfaches, undramatisches Gehen.

Konnte, was man tat, klüger sein als das, was man selbst davon hielt?

Charles hoffte darauf.

Mit kräftigem Schnalzen zog Brendan sich den Handschuh von den Fingern. Matilda, frisch pensionierte Direktorin einer Primary School, in letzter Minute an Bord gesprungen (= langsam), strohgelbes Haar, überdimensionierte Sonnenbrille an einer Goldkette vorm breiten Busen, klemmte ein paar Blatt Papier an ein Brett. Essenszeiten, Wetterwechsel, welche Rinne man wann erreichte, sie hielt es fest. Ihr Händedruck war weich gewesen. Wer wo wann warum wodurch wie lange womit wozu.

So hießen die Spalten. Die Lehrerin zog freihändig Striche dazwischen, absolut gerade. Charles hätte darauf gewettet, dass diese als *official observer* für seine Überquerung bestallte Frau selbst bei Windstärke zehn noch leserlich schrieb. Keiner erwähnte, dass sie der Versicherung wegen da war. Falls Charles starb, musste jede auf dem Boot getroffene Entscheidung nachweisbar sein. Seine Lebensversicherung lief auf Maude. Er wusste nicht, ob Selbstgefährdungen mit abgedeckt waren, ob die Überquerung einer Meerenge als Selbstgefährdung galt. Es war ihm herzlich egal.

Vier Uhr zehn, Samphire Hoe erreicht, Bug Südwest gedreht. Zusätzlich zum Fahrtlicht warf Brendan den Nebelscheinwerfer der *Henry* an. Es erschien: Seine Majestät, der Strand. Dehnte sich mit dem Aufflammen der elektrischen Strahlung lautlos zum Fuß der Klippen. Lag da wie eine Schleppe aus Tang, Kieseln und Sand. Fehlte nur die Braut. Die *Henry* trieb hundert Yards vor der Küste, näher an Land konnte sie nicht.

»Jump«, rief Brendan, »now!«

Nach der ersten Stunde war er ruhiger geworden. Eintauchen, Armzug, Armzug, Armzug etc. Auf sechs hoch, Luft. Zu jedem

Armstoß ein Wort: *now*, los, Kraft. Einsilbig, rasch. Als er eine andere Stimme hörte, irgendwann, und es war irgendwann, denn Zeit wurde flüssig, wenn, was als vorwärts galt, sich nur noch nach einem Schiffsbug bestimmte, irgendwann hörte er eine Stimme, die nicht die seine war, und drehte sich auf den Rücken. Da sah er den Himmel.

Feed!

Zickzack schwämmen am Anfang alle, sagte Brendan, *never mind!*

Es wurde hell. Lilagraue Bäuche, leicht vergoldete Wangen. Folgsam glitt er in die Bauchlage zurück. Neben ihm schaukelte ein rettungsringgroßer, weiß strahlender Fleck auf den zahmen Wellen. Es war nun so hell, dass die Sonne sich im Wasser spiegelte. Seine Schlagfrequenz, zum Ende der ersten Stunde auf sechsundzwanzig gefallen, war nach insgesamt hundertzehn Minuten auf dreißig zurückgeschnellt.

Zwei Stunden vorbei.

Feed.

Im Freistil kraulte Charles eine Meile in einunddreißig Minuten. Sein Pilot hatte zugestimmt, dass er zwischendurch auch Brust schwamm, solange er im Plan blieb, in Einklang mit sich selbst. Die Folge der Bewegungen war wie ein Puls, sollte einer sein. Hässliches Noradrenalin und süße Endorphine sausten durch seine Blutbahnen. Wo seine Hände die blonden Morgenflecken des Wassers verwühlten, wurde es rostig rot wie Fischblut. Cedric und Matilda standen an der Reling, Goldsplitter im Gesicht, und hielten ein XXL-Whiteboard über das Schanzkleid. Hazel hatte jahrelang exakt das gleiche Board in ihrem Zimmer bewacht wie ein geheimes, glattschalig-stummes Tier. Sie hatten eine Fähre aufgemalt, *huge*. Hinter ihnen glänzten die Klippen, mehr als vier Meilen entfernt lag Dover in seinem tiefen Nest, Schwimmer machten sich fertig für das Morgentraining. Er war draußen, war unterwegs.

Cedric kniff die Augen zu. Sowohl die schwarze Badekappe des Kandidaten als auch Matilda blendeten. Ehemalige Lehrerin, der pinkfarbene Rock und pinkfarbene Schal fiese Tarnung. Er grinste. Zur Pensionsreife hatte er die eine oder andere ihrer Sorte durchaus gebracht. Mal sehen, wie die sich hier machte. Hier war Meer. Das war Familie. Und Erholung: freundinnenfrei, mopsfrei. Ständiges Schwanken garantiert, sodass keinem mehr auffiel, ob ein Mensch sich obendrein zu viel bewegte. Gar herumzappelte! Cedric, *stay put*. Er pfiff vor sich hin und betrachtete den Kandidaten: Der war ein Strampler. Rackerte sich ab an seinem nassen Ort und war keinen Deut besser als er. Nur ärmer als vor der Durchquerung. Solche wie Mister C wollten sich finden oder verlieren oder jemandem etwas beweisen, indem sie nach Frankreich kraulten. Ach Gottchen. Wozu sollte das denn führen? Hätte er ihnen natürlich sagen können, noch bevor sie das Geld raushauten. Hätten sie mal gefragt. Aber sie fragten nicht. Und er hätte es ihnen nicht gesagt. Dazu war es hier einfach zu nett: ein bisschen am Steuer sitzen, Route eintragen, Nickerchen auf Deck. Mit Helen telefonierte er, wenn es ihm gefiel. Gefiel es ihm nicht, war die See schuld. Schluckte mal wieder jeden Empfang.

De-mut, dachte Charles, Rhyth-mus. Vom Schlag des Poolschwimmers hatte er umgelernt auf weniger Fußarbeit. Im Meer hob man eine Schicht lebendigen Wassers, konnte im Gegenzug das Gesicht sinken lassen, den Nacken entspannen. *Control, no fear.*

Hin-ga- – nicht tief, das Wässerchen hier – be-kei-ne-Angst. Fünfundvierzig Meter ging es im Durchschnitt nach unten, ein rauer, stark gewellter, fast gebirgiger Grund, einst bewohnt von Mammut und Löwe. Rothirsche hatten den tropischen Forst durchstreift, Menschen der Steinzeit Pfeilspitzen aus den Kronen und Gabeln ihrer Geweihstangen geschnitten, Rhinozerosse stampften den Boden fest. Vermutlich durch einen Tsunami um 6200 vor Christus versenkt. Davor hatten die Britischen Inseln sichtbar am Kontinent gehangen; trockenen Fußes waren Tiere und Menschen hin- und hergewandert. Viele Jahrhunderte der Trauer musste es gegeben haben, als der ansteigende Meeresspiegel das Zuhause zwischen East Anglia, den Niederlanden und Norddeutschland in einen Archipel verwandelte.

Über Fossilien also paddelt er, über vorweltlichem, halb tropischem Laubwerk, steinzeitlichen Beilen und schaufelartig ausladenden, versteinerten Geweihen, über längst verwehten Bedürfnissen, Träumen und Seelen.

De-di-ca-tion. Zwei mal zwei, langer Zug. Mühelos glitt sein Körper den Armen nach, es ging eine Weile so, tat fast gut, da griff seine Rechte in etwas Seifiges. Die erste Qualle, so früh? Was er fasst, ohne es halten zu können, ist klebrig. Er lässt es los, es ihn nicht. Panisch schlägt er seitwärts, taucht auf.

Er hat das Ende der Stange erwischt, an dem das Beutelchen mit den Kohlehydraten baumelt. Es hat sich in der Schnur verheddert. Sein Plastiksack. Wie dumm!

Zum Glück ist Matilda vollständig darauf konzentriert, sich die Ärmel aufzurollen. Er schickt einen Stoßdank an alle Hersteller überglatter Polyesterblusen. Erst nun geht ihm auf: Sie geben ihm Futter? Also ist die nächste Stunde vorbei?

Kalt, nass, Charles. Wie er auf den von der *Henry* beleuchteten Kieseln von Samphire Hoe gestanden hatte (= fast eben noch), verschmolzen (= meinte er), und ragte doch heraus (= spürte er), allein wie nie zuvor. Er hatte auf die *Henry* gestarrt. Die Klippen hinter ihm barsten von ihrer eigenen Kraft. *Another minute,* hatte sein Pilot gerufen, ein erstaunlich langer schwarzer Strich an der

Reling. Und eine Minute lang hatte der Strand vor Charles Platz für ein Geschehen gemacht, von dessen Bedeutung der Mensch, der auf ihm stand, noch nicht viel wusste, obwohl er es herbeigezwungen hatte. Er war auf und ab gesprungen, hatte nichts mehr gespürt.

Give me my bottle, rief er die Schiffswand hinauf.

Ab sofort wollte er aus seiner alten grünen Flasche trinken, an einem Seil festgemacht und ihm zugeworfen.

Tatsächlich wollte er kotzen.

Seekrank war kein Ausdruck. Das Meer rollte, er rollte mit dem Meer und noch einmal aus eigenem Antrieb weit zur Seite, sonst atmete er Wasser statt Luft, der Wind packte das bereits rollende Meer und rollte es weiter, die Schiffsschraube verwirbelte, was an Ordnung noch übrig war. Es sollte Menschen geben, deren Gleichgewichtssystem mühelos mit einer derart zerrollten, in alle Richtungen stiebenden Wirklichkeit zurechtkam, er gehörte nicht zu ihnen.

Den letzten Mund Gel spie er aus. Matilda, pinkfarbenes Gesicht, gelbes Haar, gelbes Halstuch, gab ihm ein *thumbs up*. Das war hier die Hauptgeste. So viele in die Luft gereckte Daumen hatte er sein Lebtag nicht gesehen. Brendan steuerte, Cedric schlief. Sie rechneten mit einem Nacht-Swim.

Ein Teil von Charles' Gehirn fand sich damit ab, dass er nicht mehr sicher war, ob die dritte oder vierte Stunde begann, ein anderer Teil drehte seinen Körper zurück in Schwimmposition.

Nach Frankreich schwamm er nicht! Er würde klüger sein. Er schwamm von Fütterung zu Fütterung. »Du«, hatte er Freda am Trainingsstrand zu Mandy sagen hören, die in demselben Gezeitenfenster starten sollte wie er, »du schwimmst, bis deine Titten über Frankreichs Boden schleifen.«

Mandy, Mutter zweier Kinder, war rot geworden.

Sch… – dieser Schwapp Seewasser war geschluckt. Nicht lachen, Charles!

Die Tide, der Mond, *the mind*. Geisteskraft! Ausatmen unter Wasser, den Mund geschlossen. Sechster Zug, Augen und Lippen auf. Er hielt sich rechts von der *Henry*. Sah, wenn er denn etwas sah, freies Meer. Nun ja, fast. Er sah den Kanal.

In seinem B&B wurde jetzt das englische Frühstück serviert. Der Gedanke daran schien bereits wie aus einer versunkenen Welt. Nach – waren-es-drei-Stunden? – in eisiger Salzsuppe durfte er ein Stück weit dumm sein. Im linken Vorderhirn fielen Kontrolle und Zweifel aus, im rechten kreisten Beharrlichkeit und Stärke leise summend umeinander.

Letzte Woche hatte er am Strand eine Playmobilfigur gefunden, einen Ranger mit gespreizten Beinen auf einem Flecken Grün, den Arm erhoben, als winke er einer unsichtbaren Kommandozentrale. Die grünen und braunen Farbpigmente seines Anzugs waren vom Salzwasser bis auf wenige Spuren ausgewaschen worden, ein Stück des Helms abgesplittert. Charles hatte die kleine Kopfbedeckung gereinigt und den ins Wasser gefallenen Landschützer auf das Ablagebrett in seinem Badezimmer gestellt. Das Licht brannte von allen Seiten in die Figur hinein.

Ihm war, als sitze sie ihm nun auf dem Schädel.

Die Sonne stand inzwischen so weit über ihm, dass das Wasser, das über seinen nackten Rücken floss, die Wärme nicht mehr abhielt. Er war froh, der Vaseline, mit der der Schiffer ihn eingerieben hatte, Sonnencreme beigemischt zu haben. Rotation, der nächste Schwapp. Kotzte er jetzt? Sein Gesicht würde, nach dreizehn oder siebzehn oder x Stunden in der Brühe, größer aussehen als beim Start. »Größer« war ein Euphemismus. Passte man nicht auf, schwoll auch die Zunge auf doppeltes Volumen. Dann kam die Kotze nicht mehr dran vorbei.

Er schwamm und schwamm, und nichts veränderte sich. Das Wasser trug wie immer, das Wasser drückte wie immer, das Wasser war paradox wie immer und tat nur so, als trage es. Es log, es nagte, wurde schwer auf ihm. Darin glich es Maude.

Einertakt: *Swim swim swim.*

Schwim-men, zwei.

Well, well, well.

Well, hell, swell.

Schaute er beim Atmen nach links, hob sich bei jeder sechsten Silbe die überglatte Wand der *Henry* aus dem Wasser. Nichts weiter passierte.

Die Steuerkajüte steckte voller Messinstrumente, die Eierhaltern für eine Batterie überdrehter Osterhasen oder Arztzangen für Riesenzähne glichen. Im Minutentakt wurde die korrekte Route über die reale gemalt. Das rote Beiboot im Heck schwankte an einem Bügel von links nach rechts und zurück.

Nichts weiter passierte.

Er war ein Idiot. Ein zufriedener Idiot. *Swim swam* schwamm. Kotzelend, speiübel, *sick*. Broschürenwissen: Dein Körper stellt auf die Verbrennung von Fettreserven um. Korrekter Quatsch. Sein Körper stellte auf Knochenessen um, Sehnenessen, Nervenessen. Sein Körper fraß sich jetzt selbst.

Es passierte also doch etwas.

Danach passierte wieder nichts.

Seine Beine waren weg. Die Arme noch da.

War das Glas nun halb voll oder halb leer? Der Kanal war voll. Und das Lebensglas? Auch wenn jenseits der sechzig von »halb« nicht mehr die Rede sein konnte.

Tick, tack, tock.

Da hatte er die Lösung. Das Glas war halb voll. Was denn sonst!

Halb voll, mit Leere.

Zum Atmen schloss er die Augen. Öffnete sie unter Wasser. Keine Brille hielt für all die Stunden dicht. Es war klug, sich das Sehen von vornherein einzuteilen.

Weiche Nadeln von Licht umtanzten ihn. Der Kanal wollte in sich schweben. War es da nicht nett von ihm, Charles, dazu beizutragen: Die im Wasser treibenden Partikel waren, was er ausatmete, seine Wärme, sein Dampf, sein *drive*.

Ein Stück Charles.

Im Übrigen passierte wieder lange nichts.

Brendan stand an der Reling, die Sonne schien von hinten durch seine Locken, sie waren fast so weiß wie das Kleid des Schiffes.

Jede halbe Stunde Futter, ab sofort!

Charles hatte vier Stunden geschafft.

Schokolade, wenn er wollte.

Er wollte.

Hob den Kopf, lutschte. Sein Körper trieb schräg im Wasser, ein Köder an einer unsichtbaren Leine. Er fütterte seine Leber, sein Herz.

Auf knisternden Strahlen fuhr er gegen die Wellen voran.

Er lag lang gestreckt auf dem Rücken. Etwas kitzelte seine Nase, und langsam stieg er aus einem rotgoldenen Sirup von Erschöpfung und Sonne zurück in eine Welt, in der Stimmen zu hören waren. Über ihm, nah wie zum Küssen, schwebte ein vertrautes Gesicht. Es grinste.

Charles, auf seinem Handtuch am Rand eines Sylter Schwimmbeckens, fuhr auf oder wollte auffahren, brachte hingegen nicht mehr zustande, als die Augen aufzureißen.

Silas hatte das Mädchen angesprochen. Eine Engländerin, auch das noch, welch Zufall. Er wollte ihr Charles vorstellen. Dass er dabei das Mädchen auch Charles vorstellte, war logisch. Niemand dachte über so etwas weiter nach.

So etwas war nur später schön.

Silas sagte: »My best friend.«

Das Mädchen sagte: »Und das ist Abigail, meine Schwester.«

Charles, noch immer oder wieder traumbenommen, drehte den Kopf. Tatsächlich, da hockte noch jemand zwischen Wasser und Land. Blond, Sommersprossen auf der Nase, neugierig. So zumindest blickte sie ihn an.

See you at the ice-cream parlour, sagte Silas und richtete sich auf. Die Mädchen taten es ihm gleich.

Charles blinzelte die gesamte Beinlänge der ersten Engländerin nach oben bis zu ihrem Bikinihöschen. Es war blau. Ein Stück nackter Bauch. Rotes Spaghettitop, mittelgroßer Busen. Abigail sagte: »Scheint ziemlich faul, dein Freund.«

Wenn stimmt, dass die ersten drei Sekunden alles entscheiden, dann war jetzt alles passiert.

Ein verführerischer Gedanke.

Immerhin eines stimmte: Maude war Silas zu verdanken. Silas und, genau besehen, Abigail. Die hatte die englischen *lads* im Bad entdeckt, vor Tagen, hatte Maude überredet, mit ihr zusammen Position auf der Bank am Sprungturm zu beziehen. Bis Silas endlich das Richtige tat (= was Abbie wollte: Die Jungs sollten die Mädchen ansprechen), das gab sie nach ein paar Tagen zu. Entdecker und Umworbene, die alten Rollen.

Und das im Jahr 1976? Genau, sagte Abbie. England hatte die Musik. Und Glastonbury. Und sein Gras. Und Portobello Road. Da konnten ein paar Rollenverteilungen auch so bleiben, wie sie gewesen waren. Abbie war Chemikerin, Lehrerin in der Ausbildung. Die Ordnung aller Elemente, die Unveränderbarkeit von Regeln gefielen ihr.

Im Übrigen ähnelte sie ihrer jüngeren Schwester. Das sagten alle. Und jeder dachte etwas anderes dazu. Charles dachte, dass die Natur an dem ersten Mädchen für das zweite geübt hatte. Maude sagte, dass es eine Frechheit sei, das zu denken und es dann auch noch zu sagen. Abbie war beleidigt, als sie es hörte, beleidigt ganz ohne zu denken, und dachte an dem Abend im Bad, ganz für sich, bei dem Gedanken an Charles: Verdammte Natur. Damit meinte sie weniger die Gene = Vergangenheit als ihr Herz = jetzt. Nur Silas dachte nichts. Charles' Nachdenken darüber, was Silas dachte, verschwand. Charles fiel das, zumindest anfangs, nicht auf. Er vergaß es einfach, blickte in große hellbraune Maude-Augen, große hellblaue Abigail-Augen, als wäre er allein mit den Mädchen auf der Welt, und verschwand darin. Zu den Augen gehörte zweimal ein ebenfalls großer, hübscher Mund, in den er ebenfalls, zweimal, gern verschwunden wäre. Bei Abbie hatten Stirn und Kinn vor so viel Augen und Mund zu wenig Platz. Das war schade, aber immer noch hübsch. Abbie liebte Kleider mit großem Blumendruck. Kleider, wie sie Frauen gefielen. Männer sahen diese Stoffe nicht, nicht so, wie sie kurze Hosen oder Spaghettitops sahen. Maude sagte, Abbie sei die Stillere von ihnen beiden. Die Intelligentere sowieso.

Zu viert saßen sie zwei Tage nach dem Kennenlernen dank einer unverhofften Spende von Silas' Vater Tex in Westerlands teuerstem Restaurant und aßen Hummer. Charles hätte sich wundern können, was Silas seinem Vater so alles erzählte (Mädchen kennengelernt etc.). Hatte er ihn eigens angerufen? Tatsächlich wunderte er sich nicht, und vermutlich hatte Tex seinem Sohn das Geld einfach so mitgegeben, im Voraus für eine besondere Gelegenheit. Silas legte den Arm um Maudes Stuhllehne und, keine Stunde später auf dem Weg in die Dünen, um Maude. Abbie, in Maudes Spaghettitop und Minirock, sagte zu Charles, der seine Arme sorgsam bei sich behielt, er verfüge augenscheinlich über das Gefühlsleben eines Teelöffels.

War das still sein? Gar intelligent sein?

»Teelöffel werden heiß«, sagte Maude.

»Nur wenn man sie in die Tasse steckt und rühren lässt«, gab Abbie zurück.

Sie grölten. Nichts mehr sollte je so komisch sein wie diese Art von Witz. Sie waren Anfang zwanzig, und die Welt war keinen Tag älter. Sie vibrierte.

In einer Mischung aus Zucker, Küssen und Alkohol waren sie geschwommen. Gläser halb voll? Halb leer? Sie tranken aus der Flasche, gaben sie von Mund zu Mund.

Die vier Menschen zwischen den Dünen umarmten sich, versuchten, ein Stück weiterzugehen, stolperten, lachten. Im Mondschein glichen die Sandberge überdimensionierten Meerestieren mit perlmuttschimmernden Schalen, auf denen bizarre, schneckenartige Warzen wuchsen und Muttermale, aus denen Grasbärte schossen. Selbst die manchmal zu aufrechte, zu saubere Maude war so voller Rotwein, Hummer und Hormon, dass ihr gleichgültig wurde, wie viel Sand in den Haaren kleben blieb und zwischen den Brüsten. Sie kannten sich kaum, man wusste nichts voneinander außer dem, was jetzt war oder erzählt wurde. Es gab keine Freunde, die man teilte, keine Einordnungen vorab. Das geschah zum ersten Mal in ihren Leben, sie dachten nicht darüber nach, nahmen es nur als eine Art Freiheit wahr, ein dichteres Jetzt. Welch Zufall, dass man sich begegnet war. Ein Geschenk. So durfte passieren, was passierte; man besuchte sich, man fuhr mit dem Bus in den Süden der Insel, die Dünen dort waren flacher, haariger, die Insel dünn, man stapfte einmal sogar mit einem Führer ins Watt, es sah harmlos aus, zwischen Muschelschalen, Wurmlöchern, unter dampfender Sonne wanderte man dahin. Innerlich warteten sie auf den Abend, er war die Auflösung, Maude brachte Musik mit, Charles und Silas Oliven, Käse und Wein, Abbie den süßen Kram, the *sticky stuff*. Die Mädchen tauschten ihre Kleidungsstücke, sie hatten nur ein Paar Shorts, die Bikinitops waren blau oder rot und glichen sich ohnehin. Die Sonne sank langsam und spät, sie nannten, was sie dazu spielten, die Versinkemusik, Charles hielt Maude im Arm, Abbie sank in seinen anderen, Silas lag quer. Die Abbieseite fühlte Charles weniger deutlich, doch er fühlte sie.

Weil das mit den ersten drei Sekunden nicht stimmte. Weil das immer zu einfach war.

Steil ragte die Leiter der *Henry* in die schaukelnde Luft. Neben ihr baumelten ein Kompass, eine Uhr, eine Taschenlampe. Sie hingen an einer Kette um Brendans Hals. Brendans Kopf und Oberkörper hingen neben der Leiter nach unten, Richtung Charles. Der lag hinter dem Zeitplan zurück. Hatte allerdings neuerlich die Schlagfrequenz vom Anfang. Fast.

Weit über dem Ende der Leiter schwankte die Sonne am Himmel.

Endlich konnte Charles sich übergeben. War er nicht vorbildlich, er wollte gelobt sein: schwimmen und pinkeln in einem, schwimmen und kotzen. Auch wenn man nicht für einen Rekord antrat, um Geschwindigkeit ging es: Denk an die Tide, die jeden Richtung Calais drückt, wo des dichten Schiffsverkehrs wegen keiner landen darf, weg noch vom geringsten Felsen, der als Land gelten könnte, den du berühren dürftest, um irgendwann heute Nacht fertig-zu-Ende-erlöst zu sein.

Ein großes, staubig strahlendes Blau schoss auf Charles herab. Er verabschiedete sich mit einem kurzen Nicken, glitt in seine Wasserbalance zurück. Das Schwimmen war wie Liegen jetzt. Seit Wochen hatten seine Glieder beim Einschlafen in Wasserbewegungen gezuckt; noch in seinen tiefsten Träumen würde er in Zukunft das Klatschen der Wellen hören.

Blue, hatte Grandpa gesagt.

See!

Einer nach dem anderen taumelten sie aus Tex' gelbem Citroën, streckten die Beine nach der schaukeligen Fahrt: Abbie und Silas krochen auf der Beifahrerseite hervor, Maude auf der anderen, Charles, der auf der Rückbank zwischen den Mädchen gesessen hatte, ihr hinterher.

1977, der Sommer nach Sylt. Charles studierte Biochemie in Oxford, Silas Wirtschaft in London, Maude Klavier in Wien. Abbie, die Einzige mit einem Gehalt, arbeitete in Reading als *assistant teacher.* Charles hatte viel von ihr gesehen. Erstaunlich viel. Ihr Porridge galt als ein Wunder, sie selbst verputzte jeden Morgen zwei Schüsseln davon, garantiert ohne Obst. Obst war überschätzt, sie konnte das chemisch begründen. Ebenfalls chemisch, wenn auch anders, fiel die Begründung für die Wochenenden aus. Charles war bei den Studenten in seinem Staircase nun immens beliebt. Abbie konnte Stews, Pies, Lamm mit Minzsauce. Sie kochte zur Entspannung, reichlich, gab ab. Charles setzte sie kauend beim Frühstück auf seinem Bett auseinander, wieso ihre Gerichte gelangen. Wer hätte es gedacht: alles Chemie.

Es interessierte ihn keinen Deut.

I am happy as it is, my dear.

Charles' Freunde beneideten ihn. Was für ein *bird* aber auch. Die machte alles mit? Er war froh um sie, das sagte er gern. Ihnen und ihr. Abbie wusste, wie es um ihn stand. Es war ja nicht zu übersehen. Sie kam ihn besuchen und erzählte ihm von Maude. Seine Gefühle für Maude schien sie zu verstehen. Sie förderte sie noch. Er vertraute ihr.

Es ergab sich, dass sie bei ihm übernachtete. Er lag in seinem Bett, sie auf einer Matratze auf dem Boden davor. Sie übernachtete öfter. Sie lagen in seinem Bett. Oder auf der Matratze. Gelegentlich zogen sie mittags um. War Maude nicht da, war Abbie ihm lieb.

Silas traf er in diesem Jahr kaum, Maude ein einziges Mal, in London und mit dem Freund. Der sich, kaum hatte er frei, auf den Weg nach Wien machte. Zug, Fähre, Zug. Fliegen war teuer, die Reise weit.

War Maude nicht da, sah Charles Maude, wenn er mit Abbie sprach. Und schlief.

Nach Tex' scheppferndem Wagen war Levain umso überwältigender. Kiesauffahrt, Lorbeerbäumchen, französisches Steinchâtelet. Es hatte Stil. Im Erdgeschoss, in den ehemaligen Dienstbotenräumen, befanden sich die Waschküche und Tex' Werkstatt, die Küche lag im ersten Stock, bereits von hier öffnete sich der Blick über die Maulbeer- und Walnusspflanzungen des Ortes auf die Cevennen. Die gesamte zweite Etage hatte Tex zu einem Musikzimmer umgebaut, Flügel für Maude frei Haus, Schlafzimmer und Bäder fanden sich in den Stockwerken darüber. Am Ende des Gartens, Lavendel, Rosen, Riesenmagnolie, gluckerte ein Bach. Feucht wie England, da staunte man nur.

Auf Sylt hatten sie alles geteilt. Sylt war flüssig gewesen von Wasser, Sonne und Wein. Unscharf die Grenzen zwischen Armen, Beinen, Brüsten, zu mehr als Küssen und Petting war es nicht gekommen, und er war sich sicher, niemals Silas geküsst zu haben, doch was hieß schon Sicherheit, wenn man sich regelmäßig an einige Stunden der Nacht gar nicht erinnerte. Nun fühlte das Zusammentreffen sich geordneter an. Wenn auch nicht zur Gänze. Der wanderlustige Sand von Sylt schob sich noch immer zwischen ihnen dahin, auch die Aufteilung der Zimmer (Silas und Maude im vierten Stock, Abbie und Charles darunter im dritten) war darauf gegründet. In ihrem ersten Sommer hatten sowohl Silas als auch Maude andere Partner gehabt, Silas minder, wie immer bei Silas (= zu einer Partnerschaft kam es erst gar nicht), Maude mehr, aber ebenfalls nichts länger als drei Monate. Beide hatten diese Beziehungen beendet, Silas schrieb Charles davon, und Maude war mehrfach auf Besuch von Wien nach London geflogen; sie verbrachte jede Minute mit ihm, schrieb Silas. Zu Weihnachten schickte er Charles eine Packung Mozartkugeln. Die beiden feierten das Fest zusammen in Wien, Maudes Eltern hatten nichts dagegen gehabt, schließlich war Abbie zu ihnen nach Newcastle gefahren (die pflichtbewusste Tochter), und für Momente ärgerte Charles sich darüber. Dann vergaß er es, indem er beschloss, Maude seinerseits in Wien zu besuchen, doch bevor es so weit war, purzelten sie aus dem Auto in Levain-le-Bain.

Maude war schöner als in dem Jahr zuvor. Charles und sie hatten sich all die Monate über geschrieben, er liebte es, Briefe zu verfassen, zumindest für sie, sie antwortete, und er hatte angefangen, kleine Dinge für sie mitzunehmen von Orten, die er besuchte, einen nahezu herzförmigen Stein von einem Weg in den Cotswolds, den Abguss eines Dinozahns aus dem Natural History Museum, den sie, wie sie ihm mehrfach versicherte, in Wien benutzte, um Mozartkugeln aufzuspießen. Fremd war sie ihm nicht, als er da in Tex' Wägelchen eng gequetscht neben ihr saß, eine Schwester links, die andere rechts, die Gerüche der beiden trafen sich, für Sekunden verschmolzen die Unterschiede, dann standen sie wieder hervor, schwindelig konnte einem davon werden, Charles schloss die Augen, genoss das Schwindeligsein.

Dass die Ferien sich voneinander unterschieden, lag nicht nur an Tex, an Levain oder daran, dass das Meer fehlte. Die erste Abweichung hatte mit Charles und Abigail zu tun. Abbie hatte eine treue Seele. Das klang dümmer, als es war; es war überhaupt nicht dumm, es war mit jedem Monat, den er sie um sich spürte, angenehmer geworden. Sie war gutmütig und exzessiv und beherrschte etwas, was ihm fremd war: einladen, teilen, über die Stränge schlagen. Sie wollte öfter zum Sport gehen, las stattdessen ein Buch; sie wollte abnehmen, da kochte sie wieder; sie aß zu viel, trank zu viel und wurde am Abend des Tages weich in seinen Armen. Dann rollte sie sich zusammen, fast erwartete er, sie schnurren zu hören, es rührte ihn, wie kindlich sie in Augenblicken wie diesen aussah – die kluge Chemikerin, die leise Spötterin (noch immer nannte sie ihn manchmal Teelöffel) waren wie weggeschluckt.

Einmal in der Woche spielten sie im Court seines Colleges Squash. Wenn Abbie Charles in der engen Halle umherjagte, ihn besiegte, sie sich aneinander abarbeiteten, waren sie eine Einheit, ein Körper fast, und niemand hätte niemanden nicht ausgetauscht. Ja, so: doppelt verneint. So war es auch chemisch korrekt. Alle wichtigen Verbindungen wurden doppelt geschlagen. Charles war zäh, zäher sogar als Silas, nur deswegen hatte er die Wette, wer von ihnen schneller fünfzehn Mal hintereinander vom Turm im Westerländer Bad springen konnte, gewonnen; Abbie war sicherer in ihren Reaktionen. Für die Semesterferien zog sie bei Charles ein. Gestattet war das nicht, aber sein Zimmer reichte ihnen. Schreibtisch an der Wand, Einbauschrank, Schlafecke mit schmalem Bett. Küche, Duschen und Toiletten teilte man sich über den Flur. Vor den beiden breiten, fast bodentiefen Fenstern stand eine beige, um die Ecke gebaute Sitzbank mit Blick auf die Mauer zum Collegegarten. Wipfelwedeln, Wolkenziehen. Mit Abbie ließ sich auch schweigend zusammen sein. Die Kekse, die Charles' Mutter schickte, brachen sie in der Mitte auseinander, manchmal lud er seine Freundin ins Kino ein, Agatha Christie oder *Saturday Night Fever*, dazu *Star Wars*. Buñuels *Obskures Objekt der Begierde* sahen sie zwei Mal, damit er, Charles, etwas lernte vom Kampf der

Geschlechter. Er aber lernte nichts. Abbie trug nun weniger Blume, mehr Schwarz oder Blau, einen engen grauen Rock, ein Lycratop. Sexuell hatte sie erfahrener gewirkt als er, woher, wollte er nicht wissen, das mit der Erfahrung war inzwischen ohnehin nahezu ausgeglichen. Es schlief sich leicht mit ihr, der Halbfeministin, so nannte sie sich selbst: Frauen in die Wissenschaft! Blaue Strümpfe? Aber ja. Mit Naht. Romantik, handfest. Die Pille nahm sie nicht (chemische Bombe, ihr Körper gehörte ihr), sie verhüteten mit Kondomen, Charles war zufrieden, er kannte es nicht anders. Abbie mochte es unterschiedlich, manchmal durchaus umstandslos, etwa nach dem Squash, ohne Duschen. Schweiß und Dreck gehörten zum Menschsein, verkündete sie gern, alles Elemente = Bausteine des Lebens.

Es war ihre Körperlichkeit.

Und damit meinte er nicht nur sie, sondern auch sich.

Und Maude.

Sie wusste von seiner Beziehung zu Abbie. Wie auch nicht. Silas ebenso. Charles ging bei Abbie in die Schule, sagte sich Charles. Lockerer werden, mehr Freunde haben, nie mehr schüchtern sein. Immerhin war er noch realistisch genug, sich dabei ebenfalls zu sagen, dass Illusionen Freude machten. Etwas anderes allerdings war reichlich real: War er mit Abbie zusammen, gelang es ihm, seine Eifersucht auf Silas zu vergessen.

Besser noch: gar nicht erst eifersüchtig zu sein. Silas war sein bester Freund.

Und Maude: Liebte die nicht vor allem die Musik?

Es war zu kompliziert.

Und das Studienprogramm dicht. Doch es lief, lief nicht übel, auf dem Sommerball im College wurde getanzt, gesoffen, getanzt. Weit nach Mitternacht brachte er seiner Freundin das x-te Ale ins Festzelt im hintersten Hof, in dem man zu anderen Zeiten die Geister mittelalterlicher Scholaren wandern sah. In dieser Nacht donnerten Deep Purple, Rolling Stones und Zappa aus den Lautsprechern, eine lokale Band, Greenwood Great, wollte alle Geister dazu bringen, kräftig mit den Knochen zu klappern. Bei den Lebenden gelang es ihnen umstandslos. Abbie stand mit Lawrence, dem hübschesten Studenten aus dem Middle Common Room, bei einer Gruppe anderer Chemiker. Lawrence, hoffnungslos betrunken, schmachtete sie an. Hing mit seinen Fingern in ihren Locken fest. Als Abbie Charles bemerkte, schien sie für einen Augenblick irritiert – auch sie hatte ordentlich einen in der Krone –, dann leuchteten ihre Augen auf, als wäre er ein Wunder. Er fühlte sich in diesem Augenblick willkommen auf der Erde wie niemals zuvor. Die Frage, ob sie heiraten würden, lag in der Luft. Andere heirateten. Ständig gaben sich Kommilitonen in der College Chapel das Jawort, man musste ein halbes Jahr im Voraus buchen. Dichter Verkehr: Lawrence & Co waren willig und Tag und Nacht auf der Suche. Für Charles kam nichts dergleichen infrage. Es wäre auch mit Maude nicht anders gewesen. Für eine Ehe, Häuschen, Kind war er nicht gemacht.

Der andere Unterschied zwischen ihrem ersten und zweiten Sommer, zwischen Sylt und Levain, hing mit Silas und Maude zusammen. Sie zeigten Fotos von Wiener Bällen und Konzerten und sahen schlicht fabelhaft aus. Der flinke Wirtschaftsstudent, die makellose Pianistin, wie füreinander bestimmt. Silas strahlte golden, Maude silbern, jede Wette, die machten auch im Bett noch Bella figura. Stopp, Charles, das war erstens fies, zweitens verboten, drittens lachte Maude ihn bereits aus: »Da!«

Das Foto, das sie ihm unter die Nase hielt, zeigte sie mit zerzausten Haaren und schokoladenverschmiertem Mund: Sie schleckte an einer bereits aufgebissenen Mozartkugel, die sie tatsächlich auf das Dinozahnimitat gespießt hatte. Hinter ihrer Schulter sah er das Stück eines blonden Schopfes. Garantiert ebenfalls das Maul verschmiert.

Quälerin Maude. Das Bild schenkte sie ihm.

Nun gut, er verlangte es.

Als sie nachgab, schrieb sie ihm eine Widmung darauf: Für Charles, unseren steilsten Zahn.

Sehr witzig. Charles lag im Zimmer unter Silas und Maude wach auf dem Bett. Maude übte dort oben jeden Tag fünf Stunden Klavier. Er hörte ihr zu; fast sah er sie dabei, von der linken Seite, der rechten, von hinten. Röntgenaugen brauchte er dafür nicht. Es war, als befänden Maude und er sich dank der über die hölzerne Außenwand und die Decke miteinander kommunizierenden Zimmer in einem lang gestreckten Ohr. Charles lag am Eingang, Maude war das Trommelfell, in ihrem Klavier zitterte die Welt. Die Wände der Villa selbst verbanden sie. Er spürte Maude.

Und er begriff etwas von ihr, da er hörte, wie sie arbeitete, sich korrigierte. Es gefiel ihm. Auch sie war zäh.

Silas, Löwe durch und durch, schlief eine Menge. Das Finanzstudium in London war anstrengend. Maude schien er nur halb aufregend zu finden. Silas, der überzeugte Antimonogamist. Er kannte ihn doch. Abbie saß bei Tex in der Küche oder riet ihm, durch den Garten gehend, zu chemischen Düngern. Im Übrigen dachte Charles sich Ausflüge mit dem Wagen aus. Silas, Tex oder Abbie mussten fahren, weder Maude noch er besaßen einen Führerschein, er sorgte dafür, dass sie zusammen auf der Rückbank saßen. Silas widersprach keinmal, er ging sorgloser mit Maude um, als seine Briefe an den Freund in Oxford hatten vermuten lassen. Charles sagte sich, dass er sich das vielleicht nur einbildete, und wollte doch pfeifen vor Freude. Pfeifen war noch das Musikalischste an ihm. Er brachte Bruchstücke von Melodien zusammen, meist Kinderlieder, und konnte ein paar Vögel imitieren.

Nachts roch die Luft nach Salbei. Zikaden sangen. Saß man bei Kerzenschein am Verandatisch, stiegen Glühwürmchen auf unsichtbaren Leitern umher. Abbie hatte die Leuchtchemie dazu im Kopf; Maude flüsterte nach einer Weile: »Männchen sind verrückt!«

Aus dem Dunkeln gab unerwartet der Gastgeber ihr recht, der zu einem letzten Seidenspinnerrundgang unter Maulbeerbäumen aufbrechen wollte. Einmal mehr fiel Charles Tex' Ähnlichkeit mit Silas auf. Ihre Stimmen klangen auf gleiche Weise melodiös. Vielleicht hatte der frühe Tod von Silas' Mutter sie einander so nahegebracht.

Maude wollte kein Glied mehr rühren. Abbie warf Charles einen auffordernden Blick zu. Als er keinerlei Anstalten machte, sich zu erheben, stand sie auf, strich sich den Rock glatt und ging mit Tex.

Unwillkürlich begann Charles, Tex zu beobachten. Vom Braten gab der Alte zuerst Maude. Dann Abbie. Das fiel ihm schon geraume Zeit auf. Auffallen kam von Missfallen. Tex gab Maude den Anschnitt, Abbie das nächste, saftigere Stück. Abbie den ersten heißen Toast. Abbie den letzten, süßesten Schluck des selbst gemachten Hollersafts.

Sollte er eifersüchtig sein? Wer sich das fragte, war es nicht.

In der zweiten Woche begannen Silas und Maude, einige Stücke gemeinsam einzustudieren. Charles saß auf der gelben Chaiselongue in Tex' Wohnzimmer und hörte zu. Menschenstimmlich flügelte Silas' Oboe dahin, umspielt von den Klängen des Klaviers. Er spürte, wie sein Freund sich in der Melodie zu Maude streckte, wie ihre Tonfolgen Silas suchten. Doch immer wieder wendete sich das Blatt, Maude wich der Oboe aus, versteckte sich.

Sie wandte den Kopf, blinzelte ihm zu.

Vielleicht war er, Charles, Teil eines Spiels. Es sollte ihm recht sein.

Er hatte alle Zeit der Welt.

Als die dritte Woche kam, stellte er sich an diesen Nachmittagen in Gedanken hinter Maude und zog sie aus. Er war ihr so nah, dass er das Muster ihrer blauen Äderchen sah, wo die Haut sich fast transparent über die hinter dem Ohr ansetzende Wölbung des Schädels spannte. Er beugte sich hinab, roch sie, küsste Maude über den bläulichen Schatten, oder weniger als küssen, hauchte sie an, nahm sie mit Augen und Atem in sich auf. Sein anderes Ich, das neue Ich, zusammengesponnen aus Liebe, Hilflosigkeit und Scheu, berührte sie, wie man das Wertvollste der Welt berührt. Maudes Kleid gab nach oder löste sich auf; und während Charles mit der Hand über ihre Schulter ihren Arm hinabstrich, folgte er ihr in ihrem Inneren bis in ihre Fingerspitzen und spürte, dass sie, obwohl er in Wirklichkeit (welcher Wirklichkeit?) auf dem Sofa saß, wusste, was er tat – und es wollte – und genoss. Er hatte gezögert, weil er sich bald nach Sylt nicht mehr sicher gewesen war. Nach Oxford wollte Maude nicht kommen. Sie schrieben sich nur, sahen sich nicht. Sie gehörte Silas, das respektierte er – schon um des Freundes willen. Doch nun fühlte es sich anders an, richtig. Silas befand sich ebenfalls im Raum, eine Stimme, die sich in Maudes und Charles' Begegnung einflocht, sie mit eröffnete, darüber hinaus indes keine oder nur eine untergeordnete Rolle spielte.

»Mittag«, rief Matilda vom Boot. Wahrer Mittag. Auch das hatte der Pilot ihnen beigebracht. Der Sonnenweg verlief Tag für Tag anders; es gab den Mittag der Chronometer und den Mittag vor Ort. Strömungsbreiten und Rinnen änderten sich ebenfalls nahezu stündlich. Keine Uhr, keine Karte verzeichnete je, was wirklich war, was jetzt.

Wahrer Mittag, dachte Matilda, Zeit, sich auszuziehen. Nur der Himmel, der Schiffer und der Nasenring-Möchtegern würden ihre Flechte sehen. Auf ihrer Armbanduhr war es kurz vor eins. Sie beobachtete Cedric aus den Augenwinkeln, als sie aus dem Rock stieg. Einer von denen, die als Zehnjährige im Spiderman-Kostüm das Schlagzeug der Schulband malträtierten und jede Woche aus Zappeldrang ein Fenster zertrümmerten. Noch mit vierzig keinen Beruf, dafür eine junge Freundin. Sie hatte die beiden vor ein paar Tagen im Eiscafé beobachtet. Mit Mops (die Freundin). Und Glitzerhalsband (Freundin und Mops). Das Mädchen hatte sie gegrüßt. Offensichtlich sprachen die Frauen des Städtchens über sie. Was war die hierhergezogen? Die alte Schachtel! Wo niemand mehr herzog. Sie hatte zurückgegrüßt. Mopsina musste die Tochter einer der anderen alten Schachteln sein.

Wahrer Mittag. Am Firmament griff ein Gähnen um sich, das allen Luftraum verdrängte. Brendan, auf dem Rücken auf Deck liegend, starrte hinauf. Auf seinem Schiff schlief er nie. Zu gern fühlte er sie unter sich gieren, die alte *Henry*. Durch sie hindurch fühlte er das Meer. Doch das reichte nicht: Wer zur See fuhr, musste die Luft so gut beherrschen wie das Wasser. Das hatte er als Erstes gelernt, als Kind schon, auf den Fischerbooten der Familie. Und immer so früh hinaus. War man kein Morgenmensch, überstand man das nicht. Er war ein Wenig-Schlaf-Mensch, er freute sich auf die Nacht. Nacht war der Augenblick, wenn der Himmel verschwand, der Kosmos erschien. Viel Zeit für Sternenblicke würde er heute nicht haben. Die Chancen, dass Fisch Charles wohlbehalten drüben ankam, hatte er anfangs auf 50:50 geschätzt. Doch sie lagen bereits jetzt im Plan zurück. 65:35. Auf den Fisch müsste man achten. Mit Goldglanz überstäubte Gespenster wehten gemächlich umher, ließen großzügig die eigene Spiegelung auf das Wasser fallen, wurden zu ihr. Seine Uhr zeigte, dass er die halbe Stunde Ruhezeit bald geschafft hatte, die Matilda unbedingt ins Protokoll eintragen musste. Noch ging die Überquerung ihn nicht wirklich etwas an. Auch das kam erst nachts. Endlich: Der Weltwind trieb in schönster Höhe kreidebleiche, kantige Fäuste, knollige Schneemannszehen und -nasen, buschige Brauen und Ohrenzipfel gegeneinander, um den Nachmittag zu bauen. Alles musste, nein, durfte sich aufrichten. Jetzt!

Charles spürte die Wärme. Er wollte noch stärker an der Oberfläche schwimmen, nur mehr knapp von Wasser bedeckt. 13.10 Uhr sagten die Chronometer? Auf einem Plateau stieß er sich voran. Über acht Stunden Rhythmus, acht Stunden Schlag oder Zug. Er brauchte neue Zweisilbler: »Silas« kam nicht infrage, »Hazel« war durch. Blieb »Brendan«. Der Name erinnerte ihn an etwas, seit Wochen fiel ihm nicht ein, was es war.

Hatte es mit Holz zu tun? Mit schwimmendem Holz. Damit, worin Charles paddelte? Es war zäh. Kiefernbretter, aneinandergenagelt. Karamellisiertes Kiefernbraun, dunkle Flecken von Astlöchern. Bretter wie Schwimmbahnen: eine Bahn auf, eine ab, eine auf, eine ab, nur dass er nicht wenden musste, schön und gerade schwamm er, eine weiße Gestalt, beweglich, anstellig, eine weiße, länglich runde Nudel mit Kappe in holzig-zähem Wasser, die den Arm streckte und den anderen Arm und die Beine, eigentlich eine elegante Figur, wie sie vorbeisteuerte an den nahezu schwarzen Astlöchern, die es zu vermeiden galt, es wäre ungünstig gewesen, etwas Derartiges zu berühren, das musste nicht sein, er war in einem Zustand, in dem er in diesem braunen, kiefernholzigen, harzigen Zeug schwamm, aber vorankam, er glitt dahin wie ein Wurm.

Seit dem B&B-Frühstück, das Charles nicht zu sich genommen hatte, schmolz die Zeit ihm bislang verborgene Wellenflanken, Gehirnflanken, Erinnerungsflanken hinab. Etwas in seinem Kopf wurde noch immer nur fügsamer, weicher. Davon war in keinem Bericht, keiner Broschüre, keiner Strandflunkerei jemals die Rede gewesen.

Es war Zeit, sich unter der Wärme zu dehnen. Nachmittag bedeutete in den Himmel gefügte Struktur. Die Meereslandschaft wirkte nun gefüllter. Quellhaufen zogen als Veduten und Prospekte über das Firmament, alte, zum Leben erweckte Bilder. Stege, Kämme, Wolkenbögen bildeten sich aus Dampf.

Flugmänner stürzten herab.

Schlag, Herz, Schlag.

Seine Trinkflasche hatte sich mühelos greifen lassen. Etwas in ihm keuchte, etwas flog. Er lag auf dem Rücken, saugte. Die Wasserweite glitzerte – war still – glitzerte auf.

Schon schwamm er wieder. Stumm, in Silber, gekräuselt und klein.

Erneut saugte er. Es musste später sein. Rundungen und Schultern schoben sich über den Eishimmel, Hochzeiten von Monstern mit Giganten folgten einander im Minutentakt. Die Wellen hinab schmolz graues Glas, grüne Flecken sammelten sich in den Mulden, als wäre jedes Tal eine Wiese, die sich fortschob und fort und ertrank in Schaum. Charles wich einem Ast aus, den Tang und eine Milchtüte schmückten. Die Schale über ihm hing voll gelblicher Wolken. Er spürte seine Zehen nicht mehr.

Für diesen Feed nahm er sich Zeit, zwei Minuten, drei, er wollte ihn sehen: den Firnis von Eis, genannt das Wolkenmeer, aufgetragen auf ein Blau, das in acht Kilometern Höhe die Grenze des Erdraums bezeichnete. Neben ihm: das Schiffchen. Um und unter ihm: das Fast-Eis. Über ihm: eine Farbbildung, durchrast von fallender, Licht genannter Halbmaterie, gezeichnet von sich horizontal aufknüppelnden, aneinander verschmelzenden Eisfeldern, die sich langsam den dunstigen Hieben des Lichts nach unten anschlossen. Jede Menge Dreck kam mit. Jede Menge Dreck schwebte auch unter ihm. Die Wale, die ab und an durch den Kanal kreuzten, schluckten schwer. Plastik, Fäkalien, Öl.

Dazwischen: unvermuteter, schärfster Goldglanz.

Dazwischen: weiterhin er.

Die *Henry* und ihr Ausleger, die *Henry* und ihr Mensch hatten die englische Fahrrinne durchquert. Der Sonnenstern stand als milchiger Fleck knapp neben dem Zenit, schien jedoch fahl. Wo er leuchtete, glänzte das Wasser in hämischem Weiß. Der Kanal spielte auf einem anderen Ton als noch Minuten zuvor. Charles' Muskeln krümmten sich. Auch sie sangen anders jetzt. Ein Ton hoch, ein Sirren, der nächste tief. Unter dem Schaum, den es aus sich selbst hervorwühlte, versteckte das Meer seine Kraft.

Im Sommer 1978 fuhren sie ein zweites Mal nach Sylt. Abbie sagte es ihm dort.

Von ihm. Wem sonst.

Paarbildung, Familie, Reihenhaus, ihr Gehalt oder seines, sprich: er bei dem Kind zu Hause? Bestimmt nicht. Also sie und alle abhängig von ihm? Vor Begeisterung bekam er den Mund nicht mehr zu.

Abbie lachte. Sie wusste genau, wie er dachte: Chemie, Forschung, Promotion. Geringes Gehalt, große Beweglichkeit.

Hatte sie wirklich gelacht? Sie rollte ihr Shirt hoch, zeigte ihren Bauch. Vierter Monat. Er sah nichts. Sie sagte: »Ich esse jetzt Obst.«

Das hatte er bemerkt.

Er verbrachte die Nacht am Strand. Er suchte Kraft. Hatte seine Freundin darauf gewartet, dass er ihren Zustand erriet? Hätten sie dann diskutiert, ob das Kind auf die Welt kommen sollte? Oder hatte das für Abbie ohnehin außer Frage gestanden? So schien es nun. Vierter Monat. Er konnte sich vorstellen, dass, was in dem Wasser schwamm, was ihre Bauchdecke wölbte, schon aussah wie ein kleiner Mensch. Ihr und sein Kind. Der Himmel hing tief, schief stand der Horizont und verlängerte sich selbst. Dabei krümmte er sich. Charles hätte nicht einmal gewusst, was er gewollt hätte, hätte Abbie ihn früher eingeweiht. Er fühlte sich übergangen. Das machte ihn wütend. Verdammt noch mal. Wie gut kannte sie ihn? Um seine Verwirrung zu steigern, gab es weiterhin den Aspekt der Freude: sein Kind. Der Wind wehte, der Sand klebte.

So blieb es für vier Tage. Dann rutschte die Welt erneut.

Nennt man solch eine Abfolge noch Abfolge?

Charles lernte mehr, als er je hatte lernen wollen. Zwei Jahre lang waren die Sommer wiedergekehrt. Jeder Tag roch nach Zukunft. Alles zwischen ihnen war an diesen Ferienwochen leicht; sie selbst waren es. Vielleicht tranken sie beim zweiten Mal auf Sylt mehr als zwei Sommer zuvor. Sie wussten auch mehr voneinander. Sie lebten um die Wette. Aber miteinander. So erinnerte er sich. Es war eine Erinnerung an die eigene Unsterblichkeit.

Gereizt war er bei Tagesanbruch vom Strand in ihr Zimmer zurückgekehrt. An Abbies Augen sah er, dass sie geweint hatte. Er wollte ihr ein paar Tage Zeit geben. Er hatte keine Ahnung, wofür. Es war, was ihm einfiel. Mit der Entschuldigung, sie müsse für ihr Examen lernen, zog sie sich nicht nur von ihm, sondern auch von Maude und Silas zurück.

Kam Charles morgens aus dem Zimmer, saßen die beiden beim Frühstück. Oh, Silas war bereits zum Bäcker gejoggt? Nein, Maude! Sie lasen Zeitung, es gab die *Times*, sie war zwei Tage alt. Abbie, das neue Murmeltier, schlief noch, drei Croissants lagen in einer Tüte für sie bereit. »Sie isst 'ne Menge«, sagte Silas, »warum wird sie nicht dick, warum nur ich«, und mittags, als Charles mit ihm zur Post ging und sie sich danach ein Fischbrötchen auf der Hafenmauer genehmigten, knuffte er ihn in die Rippen: »Knatsch?« Charles nickte, sagen wollte er nichts, wirklich nichts, also sagte er: »Dein Bademantel liegt noch bei uns.«

»Sie kann ihn erst mal behalten, wenn sie will.«

Am Vormittag darauf brach Abbie mit einer dick gepackten Sporttasche Richtung Süden auf. Dort gab es engwellige Dünen, ein neues Restaurant, ein oder zwei Verbindungen auf andere Inseln per Schiff. Sie müsse allein sein. Für irgendeine Prüfung lernen, sagte sie, *see you tonight*.

Sie wollten grillen? Das Gemüse, alles, was nicht in den Kühlschrank müsse, bringe sie abends mit.

Die Tasche war wirklich vollgestopft.

»Was machst du den ganzen Tag?«, fragte er. Er sorgte sich nun doch. Das Kind in ihrem Bauch. Er dachte »die zwei«.

»Lernen?«, sagte Silas. Das glaube er keinen Augenblick.

»Wenn du telefonierst, schöne Grüße«, sagte Maude.

Charles nahm an, dass es sich auf die Eltern der beiden bezog. Dass Abbie eine internationale Telefonzelle suche, um mit Newcastle zu sprechen.

Über den Anruf dachte er nicht weiter nach.

»Ich lege mich zu den Fröschen«, sagte Abbie, »und mache quakquak. Das ist ja alles, was ihr versteht.«

»Huhu«, sagte Silas und wedelte mit der Hand, als sie weg war, »dicke Luft!«

Später nahm Charles an, dass Abbie die Insel hatte verlassen wollen, sich das im Lauf des Tages aber, aus welchen Gründen auch immer, anders überlegt hatte. Sie war auf dem Rückweg zu ihnen gewesen. In der Reisetasche steckten fast ihre gesamte Kleidung, ihre Bankkarte, 21 D-Mark, 46,50 Pfund Sterling sowie ihr Pass.

Und 57 französische Francs.

Nach dem Gespräch, bei dem sie ihm ihren Bauch gezeigt hatte,

hatte er sich wie jemand gefühlt, der gefallen war, er begriff nicht, wo oder warum. Auch er brauchte Zeit, mehr als Abbie vielleicht. Verdutzt hatte er auf dem Boden gesessen. Helles Tageslicht. Wie konnte es sein, dass die Welt so anders aussah? Sie stellte andere Fragen an ihn. Er wollte eben wieder aufstehen, eher ratlos als bedrückt, da brach der Boden erneut ein, und es folgte ein weiterer Sturz. Es wurde dunkel. Und das Fallen wollte nicht enden. Noch Monate später hatte Charles das Gefühl, der Boden sei fort.

Sie hockten in der Polizeistation von Westerland.

Abbie hatten sie für den Abend zurückerwartet. Die Uhr an der Wand stand auf kurz vor sieben, im Fenster glitzerte Sonnenlicht.

Ein Unfall. Man gab ihnen Abbies Tasche. Großer Blumendruck. Und eine Plastiktüte mit Maiskolben, roten Paprikas, Chips.

Vielleicht war sie geblendet gewesen. Hatte nach der Sonnenbrille getastet. Den Bus deswegen zu spät gesehen.

Noch an dem Abend bekam er Halsweh. Für Wochen schniefte und hustete er. Was geschehen war, griff nach jedem von ihnen auf seine Art.

Er flüchtete sich nach Oxford. Da er bereits promovierte, durfte er auch außerhalb des Semesters ins Labor. Mechanisch tasteten dort seine Hände im Kreis. Phiole, Pipette, die nächste Mess- und Zahlenrunde. Gleichheitszeichen sahen wie Straßen aus, sie erschreckten ihn. Rote Autos fürchtete er. Regelmäßig übernachtete er im Institut. Chemische Prozesse schliefen nicht. Er fürchtete jede Art von Stille, von Alleinsein. Und ertrug doch niemanden, der mit ihm reden wollte.

Maude bat ihn um Fotos von Abbie. Er ließ die Aufnahmen, die er hatte, ein zweites Mal abziehen und schickte sie ihr. Ihr Dankesbrief kam aus Wien. Acht Stunden am Tag, schrieb sie, sitze sie am Klavier. Sie wollte ein Album kleben, für ihre Schwester. Einmal im Monat reiste sie zu den Eltern. Silas arbeitete in einer Bank in London, Teil der Ausbildung, er kam nicht weg. Charles telefonierte mit ihm. Silas ging es nicht schlecht. Er machte sich Sorgen um Maude.

Langsam kehrte Charles, als das Semester Anfang Oktober wieder begann, auch in das Sozialleben im College zurück. In den Geschichten, die die anderen einander erzählten, sah er nun Gewichte auf und nieder gehen. Das war neu. In der Welt vor Abbies Tod hatte es keine Gewichte gegeben. Nicht von dieser Art.

Er war betäubt.

Und frei. Viel zu frei.

Jede Nacht träumte er von den Schwestern. Seit Sylt hatte er Angst, auch Maude zu verlieren. Nie zuvor hatte er so gedacht. Nun konnte er nicht mehr anders. Am Ende würde sie noch Silas heiraten aus Trauer um Abbie. Dabei waren die beiden am besten zusammen, wenn sie nur spielten. Hatte er nicht eben das in ihrer Musik gehört? Er schrieb Maude den Brief, Oxford, 12. November 1978. Schrieb von Abbie und Silas, um ihr zu zeigen, wer Silas war. Abbie hatte nie ausdrücklich behauptet, mit dem Freund ihrer Schwester im Bett gewesen zu sein. Charles log. Und doch schien es nicht nur unwahr. Silas, der alte Vielfrauenmann. Meine Güte, wenigstens das musste Maude doch sehen. Ja, er säte Zwietracht. Er wollte sie aufwecken. Ihr zeigen dürfen, wie anders er war. So stand er vor dem Schlitz des Postkastens, so rot, so eckig und eng, und ließ das Kuvert los.

Südlich von Rantum war Abbie einem Bus ausgewichen und dabei von der Straße abgekommen. Ihr Auto, ein gemieteter Ford Fiesta, hatte sich überschlagen. Abbie, nicht angeschnallt; Abbie, Alkohol im Blut.

»Ist Ihnen jemals aufgefallen, dass sie trank?«, fragte der jüngere der Polizisten. Mühsam, auf Englisch.

Sie zuckten die Schultern.

»Wohl noch nie mit englischen Touristen zu tun gehabt«, sagte der ältere Beamte. Er ahnte nicht, dass einer der Engländer ihn verstand. Der jüngere Polizist wurde rot.

Nach einer Weile erschien dieser Beamte in Charles' Träumen. Er verstand nicht, woher der Mann kam, noch, was er bedeuten sollte. Er war bleich, sah weder traurig noch neugierig aus. Hätte der Polizist nur ein Wort gesagt, vielleicht hätte es etwas erklärt. Der Deutsche war in etwa so alt wie sie vier (Charles dachte immer noch so, im Wachen wie im Traum, »sie vier«) und bewegte die Lippen nicht.

Sie waren nach dem Unfall noch auf der Insel geblieben. Man bat sie darum, falls es Fragen gebe. Charles durfte in ein anderes Zimmer des Hauses umziehen, kleiner, ohne Balkon. Es war wichtig, einander nahe zu sein, auch wenn sie nur lasen oder spazieren gingen; ohne dass es einer Absprache bedurft hätte, hielten sie sich in Rufweite voneinander auf. Maude telefonierte häufig mit ihren Eltern, es gab mit einem Mal so viel zu organisieren, und es schien sie zu erleichtern, sich wenigstens damit beschäftigen zu können. Dann wieder herrschte stundenlang Leere. Irgendjemand ging einkaufen, auch wenn sie fast nichts aßen. Ab 16.00 Uhr tranken sie, früher damit anzufangen war verboten. Weinte Maude? Charles sah es nicht und fragte Silas nicht danach; er selbst war vollkommen trocken, innerlich wie äußerlich, und schlief die meiste Zeit. Im Schlaf wenigstens war die ersten Tage hindurch alles wie immer, bis der jüngere Polizist in seinen Träumen auftauchte und mit ihm schließlich das Wissen, dass etwas unwiederbringlich verloren war. Langsam kroch es auch in Charles' waches Bewusstsein und löschte die Bilder »wir vier« eines ums andere.

Was er Lichtaugen nennt: der Spiegelung der Sonne auf Wasser über so viele Jahre ausgesetzt, dass die Iris davon gezeichnet ist.

Brendan, so nah. Er sieht ihn jetzt genau, aber ja. Bis eben war seine Schwimmbrille beschlagen. Jetzt nicht mehr, nicht wahr, alles im Lot, bester Pilot.

Brendan sagt, er habe bereits mehrfach gerufen.

»Geht es dir gut, Charles?«

Nein, er kriege kein Futter jetzt.

Der Pilot zeigt nach rechts.

Drei Meter entfernt von Charles treibt ein Holzboot. Unkoordiniert zerrt ein mittelalter Mann an den Rudern. Im Heck sitzt ein etwa zehnjähriges Mädchen mit langen blonden Zöpfen.

Cedric verkündet, die Küstenwache sei unterwegs. Sie passten auf Charles auf.

Er solle nur ausweichen.

And go!

Als er sich kurz und, damit Cedric es nicht bemerkt, nur halb zurückdreht, blickt er in das große mattdunkle Auge einer Kamera. Das Mädchen, eifrig den Hals wendend, richtet das Objektiv auf ihn.

Er taucht ab. Niemand darf einfach so durch den Ärmel schippern, schon gar nicht in einem Ruderboot. Noch dazu mit einem Kind!

Für ein paar Armzüge noch hört er, wie das Boot sich entfernt; im Nu verschwindet der nahezu liebliche, an süßes Wasser erinnernde Klang. Wie die Ruder in der flüssigen Masse rühren, wie weich die Wellen plätschern, wie warm die Sonne scheint. Oder explodiert sie aus seinem Körper heraus? Er keucht so hingebungsvoll, dass er es nicht mehr hört, er schmeckt Eisen und Blut.

How do you feel?

»Ha?«

Er sollte ein Ibuprofen schlucken. Er wollte aber Paracetamol, das britische Allheilmittel aus dem Supermarkt. Half gegen Schmerzen in den Muskeln, im Fleisch, in der Seele. Brendan fragte, ob ihm zu heiß sei.

»Ich bin ein Teelöffel«, gab er zurück.

You are incoherent, sagte Cedric.

Welch schöne Gelegenheit, dieses Wort auf jemanden abzufeuern. *Incoherent!* Als Kind hatte Cedric das so oft zu hören bekommen, dass er die Vokabel wirklich genau verstand. Der Alte da unten hatte inzwischen einen ordentlichen Schuss weg. »Ich bin ein Teelöffel!« Seine, Cedrics, höchsteigenen Hände machten in der Regel etwas anderes als seine Füße, aber seine Zunge hatte er besser im Griff! Typen wie Charles brauchten gleich ein ganzes Meer, um ihre Spannungen abzubauen. Da streichelte er lieber Helens Mops. Und Helen. Er warf ein paar Steine in die salzige Flut: plopp, plopp, plopp. Eigens mitgebracht. Die gingen schön unter. Man, sprich er, fühlte nun einmal, dass mit dieser Welt grundsätzlich was nicht stimmte. Zum Beispiel, dass diese Lehrerin sich vorhin die Klamotten vom Leib gerissen hatte. Frauen ihrer Art, allemal dieses Alters, fühlten nichts mehr dieser Art. Doch die stand mit einem Mal halb nackt vor ihm und hatte einen Sonnenbrand, wie man ihn gar nicht haben konnte! Die schälte sich von oben bis unten. War er ein junger Mann? Musste er das sehen? Er hatte »Tierquälerei ist verboten« gemurmelt, sie hatte ihn angeschaut, als wäre sie erstaunt, dass er überhaupt sprechen konnte. Im Übrigen hatte sie nach ihrer Sonnenbrille getastet und getan, als hätte sie seinen Kommentar nicht gehört.

»Hilft Ibuprofen der Gemütlichkeit nach?«, schrie Charles die Schiffswand hinauf.

Überrascht blickte er der eigenen Stimme hinterher. Klang ziemlich kräftig. Matilda notierte etwas. Apropos heiß: Sie trug auch nur mehr ein Bikinioberteil und Shorts. Da fiel ihm ein, dass

Hitzegefühle in Händen und Beinen zu den Symptomen bei starker Unterkühlung zählten.

Zu heiß durfte ihm keinesfalls sein.

»Gemütlichkeit.« Verstand das nicht jeder?

Endlich, jemand lachte. Cedric? Auf dem Whiteboard erschien: Paracetamol = gegen Fieber = senkt Körpertemperatur. Wir sind nicht *crazy*!

Er nahm das Ibuprofen, das, in ein Stück Schnur ans Ende der Stange geknotet, auf ihn zuschaukelte. Es sah wie ein Köder aus.

Auf das Board malte sich eine neue Schrift: Ankunftszeit = 01.30 a.m. Er war langsamer als gedacht. Jetzt, auf der offenen Strecke. Das sagten sie nicht, das merkte er selbst.

Passierte sonst etwas? Kiefernholz, harzig-zäh. Er dachte an die makkaronihaften Chamäleonbeine im Natural History Museum zu Oxford. Sah er selbst schon so aus? War seine Haut blau? Oder durchsichtig? Für Momente sah er sich nicht, bis er bemerkte, dass die Brille wieder beschlagen war. Er schloss die Augen und stellte sich vor, auf der Wiese vor dem Museum neben den aus schimmerndem Gips in den Rasen gegossenen Dinotritten zu liegen. An Tagen wie dem heutigen saß man in der ehrwürdigen Universitätsstadt auf Klappstühlen um diese ideal windfesten Picknickdecken und trank Pimm's zu süß-matschigen Strawberries and Cream.

Seine Trinkflasche schaukelte auf ihn zu. *Another pill.*

Als er schluckte, schossen Schmerzpfeile aus seinen aufgerissenen Lippen nach innen in die Schleimhäute. Zentimeter um Zentimeter fraß sich das Salz die Kehle hinab.

Not your fault, mate, meldete Cedric vom Boot und meinte 1.30 Uhr nachts.

Charles schluckte.

»Stärker ... abgetrieben ... als ... gedacht.«

Aus der Flasche war Pfirsich geflossen. Allmählich kam die Geschmacksnote durch. Die elende Tablette hing auf halbem Weg in Charles' Hals fest, das Stück Himmel über der linken Ecke des Steuerhauses färbte sich giftgelb, als hätte es verdorbene Pfirsichpampe geschluckt. Er schaute nach rechts, drehte sich um 180 Grad. Das Licht teilte sich in Bündel, fiel herab. Einige der Bündel strebten aufeinander zu; an anderen Stellen wurde alle Helligkeit von unsichtbaren Robotersaugern aus der Atmosphäre geschlürft.

Zwei Uhr nachmittags. Etwas dunkel dafür.

Verdammt dunkel dafür. Der Horizont dick, eine Mauer in kräftigem Grüngrau.

Es konnte nicht mehr weit sein, bis sie Z erreichten. Die Mitte des Kanals. Die Zone, die dem Müll gehörte.

Die Mauer wuchs, wölbte sich nach innen, Schiff und Mann, und was es sonst noch gab, trieben unter einer über die See gestülpten Glocke. Auf ihrer inneren Haut schoben sich zackige Gestalten zusammen, leuchteten auf, verschwanden, nur um sich Sekunden später wie Spiegelbilder ihrer selbst von Neuem zu zeigen, knapp neben ihrem alten Ort. Eine Meute Elektrizität, ferne Blitze, Sekundenschein.

»Ein bisschen früh, Luve, für die Halloween-Maske«, raunte Cedric Matilda zu. Schäumender Seegang, kreuz und quer. Die Lehrerin war herrlich algenfarben im Gesicht.

»Die Maske lasse ich das gesamte Jahr über auf. Die ist so faltenfrei«, sagte sie.

Cedric lachte. Sieh mal an, die Alte hatte Humor. Er gab ihr ein *thumbs up*. Das war erstens praktisch wortkarg, zweitens mehrdeutig: Mit dem Zeichen wünschte man sich auch frohes Kotzen hier auf der Schaukelsee.

Graugrüne Zäune rollten sich über den Himmel, im Kanal flackerten silberne Striemen. Woge um Woge brach zusammen, das gesamte Wasserplateau senkte sich. Die Ruhe vor dem Sturm. Er wusste nicht, wie es dazu kam, wusste jetzt allerdings, was es war. Schwarze Barockwolken, die Dramaqueens eines Gewitters, hingen offensichtlich nur über Land; auf See war Sturm ungebundener, schneller, wild. Er hämmerte los, ohne Übergang.

Brendan erschien in einer gelben Ölhaut an Deck, das Gesicht unter einer Mütze verborgen, die ein auf Stirnhöhe um den Kopf gewickelter Schnürsenkel festhielt. Die beiden anderen waren verschwunden. Der Wind riss dem Schiffer jedes Wort vom Mund.

Charles wusste es auch so: der erste Blitz. Dann wäre er draußen. Aus!

Sein Pilot fuchtelte mit den Händen, schrie. Er meinte nicht das? Meinte mehr?

Das Ende des Swims verschob … und verschob sich … immer mehr … immer größer …

der gegen die Tiden zu erkä…

… Bögen, i… höher die … fa…

Hours, hörte Charles

»… parallel!«

Brendan zeichnete auf dem Whiteboard, der Regen schlug gegen die Tafel. Wasserfeste Tinte. Darauf hätte Charles gern verzichtet. Da riss der Wind der Ölfigur das Board aus der Hand. Was nichts machte, er hatte es sich um den Hals gehängt.

… parallel

… er, Charles,

… zu seinem …

Z i e l

–

–

Auf der schimmernden Fläche stand *arrival = 2 – 4 a.m.*

So spät nun? Vermutlich trieb der Sturm sie Richtung England zurück. Zu der Morgenzeit, die auf der Tafel stand, würde die Ebbströmung so stark sein, dass jemand in Charles' Alter nach mehr als zwanzig Stunden im Wasser nicht mehr dagegen ankam. Sie hatten dieses Szenario vor der Abfahrt besprochen, er erinnerte sich.

And?

»And!« (= gekrächzt) (= er)

Ob er dennoch weiterwolle, jetzt?

Das Stück Kanal vor Charles zuckte in unregelmäßigen Schüben, dazwischen lagen taubengrau-stumpfe, unerklärlich ruhige Streifen von Wasser, bestreut von glitzerndem Strass. Die Wolken hatten sich bereits leicht gehoben, Charles sah etwas wie Weite. Befragte sein Lebensverantwortlicher ihn während dieses Wetters, um seine Kraft zu testen? Fragte er ihn, um nicht lange auf einem frühen Ende, einem Abbruch, insistieren zu müssen? Es war deutlich, dass man so nicht verhandeln konnte. Hie und da zackte ein Blitz durch das feste Grau der Sturmfront; wie in einem Film standen die Entladungen in voller Gestalt am südöstlichen, zu einem Strich geschrumpften Firmament. Manche der Lichtbögen rotteten sich zusammen, als wollten sie Mensch spielen, überlang, tödlich, gelb.

Er gab seinem Piloten das Daumenzeichen. Ankunft zwischen zwei und vier Uhr nachts. Das wären einundzwanzig bis dreiundzwanzig Stunden Schwimmzeit insgesamt. Das war schon geschafft worden.

Brendan deutete an den Himmel, nickte. Das Gewitter zog ab, es regnete nur. Bei Regen ging es einem Menschen im Wasser besser als einem Menschen an Deck. Charles hatte Filme von Überquerungen studiert, alle vom begleitenden Boot aus aufgenommen, viele Filme, daher wusste er, dass sie ihn jetzt mit größter Wahrscheinlichkeit nicht mehr sahen, auch wenn sie so taten, als beherrschten sie die Lage. Nur die lächerlichen Leuchtstäbe lieferten ihnen einen Anhaltspunkt. Die Nässe von oben machte Charles nichts, im Gegenteil, er hatte den Eindruck, der Regen beruhige das Schaukeln der Flut. Frühzeitige Nacht jetzt, halbgar; auf die wirkliche Nacht freute er sich. Da wäre er endgültig mit sich und dem Wasser allein. Keine Augen, kein ständiges Feedback. Dann kämpfte er nicht mehr auf einer Bühne.

Sondern in Wirklichkeit?

Lächerlich. Als wäre es nicht schon wirklich genug.

Oder kippte die Bühne dann schlicht nach unten auf, Richtung Grund?

Er entspannte sich. Gab der Tiefe nun schon einmal ein Stück weit nach. Bloß keine Angst. Angst verengte jedes Gefäß. Ab sofort wollte er zum Atmen so wenig wie möglich auftauchen. Das sparte auch Kraft.

Unter Wasser war der Regen verwandelt. Klopfte nur an, berührte, löste sich auf. So sanft. Zum zweiten Mal wurde diese Überquerung schön. Frohgemut stellte Charles sich vor, in einer *mind* zu treiben. Sein Körper verschmolz mit allem, was ihn umgab. Lautlos schoben große Schiffe sich hinter dem Tropfenvorhang durch die obere Welt. Er war durchlässiger geworden, vielleicht auch ein wenig löchrig, er spürte sie, ohne sie zu sehen.

Als Maude im November 1978 seinen Brief gelesen hatte, nahm sie sich für den nächsten Besuch in England mehr Zeit. Sie fuhr von Newcastle nach London, zu Silas. Charles nahm an, dass sie ihren Freund zur Rede stellte. Abbie schwanger. Sein Kind? Und noch weitere Frauen in seinem Leben? Zugegeben, das malte er sich nur aus. Sie hatte tatsächlich nie davon erzählt, weder damals noch später. Doch sie war nach dem Besuch in London bei Charles in Oxford vorbeigekommen. Weil sie alle verändert waren. Weil sie ihn brauchte, endlich. Das war die schöne Version. Er erinnerte sich an den Weihnachtsbaum, der in Broad Street mit viel Mühe aufgerichtet wurde, während er nur hindurch und an Balliol vorbeimusste, um Maude rechtzeitig von der Busstation abzuholen.

Zwei Tage verbrachten sie miteinander, nichts geschah. Charles hatte ein neues Zimmer bezogen, im College wurde jeden Herbst gewechselt. Es ähnelte der alten Unterkunft; die aus zwei großen Fensterscheiben gefügte Raumecke ging auf den langen Collegehof mit der Steineiche. Maude schlief in Charles' Bett, er auf der Matratze auf dem Boden. Maude ließ das T-Shirt an, die Strumpfhose. Er trug einen Pyjama. Sie waren nicht mehr so schockstarr wie im August. Es half ihnen jetzt, sich aneinander festzuhalten.

Der Name Abbie fiel keinmal. Auch von Silas sprachen sie nicht. Ihre Vergangenheit war ohnehin viel zu groß für sie. Sie brauchten neue Orte. Maude übte an der Orgel der College Chapel. Dort war Charles mit Abbie nie gewesen. Auch ins Natural History Museum gingen sie. Das Meer verband sie bereits miteinander. In den Glas-und-Eisen-Schiffen des Museums kehrte es wieder, auf erträglich indirekte Weise. Die Stummheit der aus dem Salzwasser gestiegenen Tiere traf sich mit ihrer eigenen. Schweigend miteinander verbunden, konnten sie durch die Gänge gehen. Manchmal blitzte die Nähe zu Maude in Charles auf wie ein elektrischer Schlag, für Bruchteile von Sekunden war alles gleichzeitig und von Grund auf da, das Küken in dem großen gesprenkelten Vogelei in der Vitrine, der versteinerte Farnwedel, der sich vor zehntausend Jahren grün und voller Kraft mit dem Licht aufgerollt hatte, das Rauschen der Bäume im University Park hinter dem Gebäude, das Murmeln der Besucher neben ihnen.

Eines Morgens stand ein Wägelchen mit einer dünnen, unwahrscheinlich weit ausfahrbaren Leiter im linken Seitenschiff. Der Mann an ihrem Ende knüpfte Knochen an kaum sichtbare Fäden.

Man hängte Walskelette auf, die letzten beiden lagen noch am Boden, vollkommen flach, Knöchelchen an Knöchelchen gefügt. Erst unter der Decke rundeten sie sich, schwebten.

»Die erste Musik wurde auf Gräsern und Knochen gespielt«, sagte Maude.

»Die erste Musik des Menschen«, sagte Charles.

Wale sangen auf andere Art.

Nachts lagen sie einander im Arm. Nichts geschah. Alles geschah. Maude war zu ihm gefahren. Zu ihm.

Allmählich hörte er das Rauschen. Es ging nicht weg. Es nahm zu. Ein böse schleifendes Geräusch mischte sich ein. Er holte tief Luft, tauchte ab, einen Meter vielleicht. Dennoch wurde es dunkel. Anders dunkel, als er es kannte. Denk nach, Charles. Über dir wirbelt etwas, zu schwerfällig für ein Boot. Dazu das Dröhnen und Schaufeln? Ein Hai? Unsinn. Gab es nicht im Kanal, die vernünftigen Tiere fanden die Teufelsstraße zu kalt. Für ein Luftkissenboot war das Ding zu klein. Zudem wäre ein derartiger Fehler, Kreuzung der Schwimmroute mit einem regulären Boot, dem erfahrenen Brendan nie unterlaufen.

Mit Erstaunen bemerkte er, dass er Angst haben sollte, aber keine hatte. Über ihm kurvte Finsternis. Sie rauschte, fast schmatzte sie. Er teilte sich den Atem ein.

Heller wurde es nicht.

Er schien in dem gleichen Mahlen gefangen wie das Ding. Erneut belauerte er sich.

Noch immer kam keine Panik auf. Nur sein Kopf dehnte sich von zu wenig Luft.

Er sah nichts. Also schloss er die Augen. Er wusste, wo oben war. Wusste er das nicht ohnehin? Wie viele Minuten konnte man die Luft anhalten? Kommt auf die Umstände an, sagte das Lernstimmchen in seinem Kopf.

Er fand es lustig. Nicht die Situation, aber das Stimmchen.

Die Brust wurde ihm warm. Ihre Wärme floss in zwei zur Seite sprießende, in die Arme wachsende Bäumchen. Es fühlte sich nicht richtig an, dafür angenehm. Er streckte die Arme. Er floss den Armen hinterher, etwas zog an ihm. Über ihm schwebte ein Hemd. Sein Kopf war riesig. Sein Kopf floss in das Hemd. Floss den linken Ärmel hinauf. Dein Glück, dass das Hemd nicht schrumpft, sagte das Stimmchen. Es war noch da, wenn auch bereits merklich zahm, so ohne Luft. Der Kopf folgte der Hand. Sein Körper wog nichts. Auch das fand er logisch.

Er? Hand, Arm, Kopf schlüpften den Ärmel hinauf.

Blau floss auf ihn zu. Brendans Augen so nah, fast auf einer Höhe mit ihm.

*What the f*** hell.*

Etwas keuchte.

Er, Charles. Er war also noch da.

*Oh yes: f***.*

Der Pilot hatte das Beiboot zu Wasser gelassen und war zu Charles gerudert. Gerade noch rechtzeitig unterdrückte Charles den Impuls, sich am Rand des Dingis festzuhalten.

»Charles!«

Ye ... ya.

Charles, noch immer prustend. Sein Schiffer saß im Beiboot, um besser nach ihm suchen zu können.

»Treibgut?«, sagte Brendan. Charles habe Nerven. Ein Wellblechdach!

Rostig, scharf. Schnitt einem die Kehle durch, wenn man so blöd war, sie ihm in den Weg zu halten. So irre beschleunigt, so aus dem Nichts erschienen, so dahingeschnellt, verdammter Regen, Wind, Müll, dass sie ihn nicht hatten warnen können.

Tauchen! Das Beste, das Einzige, was er hatte machen können.

Brendan sagte, er sei stolz auf ihn. Der Regen hatte ausgeregnet. Es war ein Stürmchen gewesen. Ein Fernstürmchen. Sie hatten es überstanden.

You'll make it, mate, right to the end!

»Sicher?«

Sure.

Die Wellen, weicher als vor dem Wetter, umläpperten ihn. Hundezungen? Miniaturärmel eines blauen Hemdes. Das sah er deutlich. Sagen musste er es nicht. Die *Henry* schwankte ordentlich. Insgesamt sah das beruhigend aus.

An honourable fish.

Auf dem besten Weg: Fisch Charles. Er lachte. Ferge Brendan hatte keine Ahnung, wo er gewesen war. Er, Charles, lachte sich leicht. Der gefährliche Teil der Überquerung hatte begonnen. Gut, das dachte vermutlich auch sein Pilot. Dem reichte dafür ein Blick auf die Uhr.

A bit crowded here, sagte Charles zwischen zwei Atemzügen. Er atmete jetzt wieder, statt zu keuchen.

Sein Lebensmann ruderte neben ihm her. Die *Henry* begleitete sie. Nur keine weitere Zeit verlieren. Charles, wie er wieder schwamm. Schade, dass sein Fahrensmann den *crowded*-Witz nicht verstand.

Sie zielten, zuckelten, zitterten sich durch Z. Die Hoheit eines Nationalstaates erstreckte sich 60 bis 110 Kilometer über dem Grund ins All und ebenso viele Kilometer in die Gesteinstiefe des Planeten. Europa war kartiert, gerastert, vermessen, verteilt.

Bis auf Z.

Z war nach oben wie unten nichts. Z, das Letzte. Z, ein gekipptes N: Niemandsland, Nichts. Oder auch M? Gottes vollkommenste Müllhalde. Einmal pro Woche schoben eigens aufgerüstete Schiffe den Müll aus der französischen und der englischen Hoheitszone in das an jede Hoheit gleichermaßen angrenzende Nichts.

Z, nach elf Stunden Schwimmen. Charles hatte sich darauf gefreut. Die Hälfte der Strecke. Wenn auch nicht unbedingt der Zeit. Plastik, Metall, Schrott.

Charles fragte Brendan, der gemütlich neben ihm herruderte, ob er mit einer Frau zusammenleben würde, die einen Mann hatte und dann einen anderen und daraufhin den ersten zurückhaben wollte. Nicht einfach allerdings, sondern sozusagen doppelt, den einen zurück und den anderen behalten. Und zwar auf Dauer, und schön simultan. Eine Frau, zwei Männer, alle zusammen in einem Haus.

Brendan zog die Ruder durchs Wasser. Das machte das Denken langsamer, dachte Charles. Als er zum dritten Mal ein Ohr frei hatte (= oberhalb des Wassers), hörte er ein »vielleicht«. Als das Ohr zum sechsten Mal auftauchte, sagte sein Pilot, es komme auf die Frau an.

Der Pilot: Manche seien eben so.

Der Pilot: Dass es sich lohne.

Späte Offenbarung diesmal, dachte Brendan. Nicht übel hier unten, dem wie frisch mit Blau gewaschenen Wasser so nah, dass die Hand es berührte, wenn sie nur zuckte. Irgendwann fing jeder Kandidat mit den Motiven an für seinen Swim. Versuchte noch im Wasser, die Gründe zu verstecken, und musste doch davon reden. Der hier, Charles, war hartnäckig, auch störrisch. Solche hatten am Ende Extrakraft, wenn sie an die Kraft herankamen. Wovon das abhing, wusste er nicht. So tief sah kein Mensch in einen anderen hinein. Nicht einmal hier. Hier sah man im Grunde nirgends hin. Darum war er froh. Er konnte an Cedric vorbeischauen. Er musste sich nicht empören. Da hatte er wieder an der

Reling gestanden, Steine in den Ärmel geworfen. Hyperaufgeregt, der Kerl, noch immer. Als Kind wäre der erst einmal drei Stunden über Deck gejagt. Eigentlich auch toll. Den hatte der dreckige Engel geküsst! Nachts war das praktisch, Cedric schlief nie. Einmal, nachts, war dann auch dieser Satz aufgetaucht. Hatte sein Cousin ihn gesagt, oder war es ihm selbst eingefallen: Im Inneren ist jeder Mensch dunkle, weiche Finsternis.

Betonung auf »weich«.

»Das Meer singt«, sagte Brendan zu seinem Schwimmer, »hör darauf.«

»Was?«, schrie Charles zurück.

Er streckte sich. Es wirkte, als hätte der Regen auch das Wasser gestreckt. Der Motor der *Henry* tuckerte, ein bitte schön unaufregender Nachmittag lag vor ihnen. Ihm war nicht einmal mehr übel. Brendan ruderte einhändig und versuchte sich mit der freien Hand den Wetterbericht aus der Hosentasche zu fitzeln. Das Papier schlug im Wind, es war unpraktisch, gleichwohl wichtig. Brendan hatte Charles erklärt, dass sie die alten Daten zurate ziehen mussten, die vom Morgen. Die neuen konnte jeder Idiot online sehen. Der Schiffer verglich die Prognose mit dem Zustand jetzt, um daraus auf die Qualität der Prognose für den Abend zu schließen.

»Sieht bestens aus. Auch für Matildas empfindlichen Magen.«

Die Protokollantin, auffallend bleich, war soeben an der Reling erschienen.

Charles fand es an der Zeit, dass wieder weniger passierte. Halb voll, halb leer? Er schwamm, schwamm kräftig. Nichts sehen, nichts fühlen. Er wollte weiter sein, es sollte dunkel werden. Lange bevor er begriff, was geschah, fühlte er das Wasser vibrieren.

Erst als es nach seiner Zählregel an der Reihe war, holte er Luft und riss die Augen auf. Das Beiboot schaukelte leer neben der *Henry*. Brendan hing auf halber Höhe an der kurzen Schiffsleiter, als sei er festgeklebt.

Und schrie. Das Wort begann mit »f«.

Im Übrigen war es eher still. Das fiel auch Charles auf.

Die Wellen rauschten, der Wind pfiff. Der Motor der *Henry* stand still.

Armzug, Armzug, der nächste Blick: Ihr aller Pilot wollte sich vor Ärger in den eigenen Arsch beißen.

»Stop, Charles, stop!«

Brendan: »Fuck!«

Brendan: Er hätte es wissen müssen. Eine Ladung Müll kam selten allein.

Die *Henry* trieb, wie die Wellen es wollten.

Das angeleinte Beiboot schaukelte in seinem eigenen Takt.

Fisch Charles trat auf der Stelle. Er durfte nicht weiter ohne das Schiff. Cedric und Brendan diskutierten auf Deck, er sah ihre Arme, Schultern, sie steckten die Köpfe zusammen.

Er schwamm näher an das Schiff, trat nach unten. Lang dauerte die Diskussion nicht. Sein Pilot zog sich die Hose aus, das Shirt über den Kopf.

Sagenhafte Stille. Auch der Wind säuselte nur mehr. Umso besser hörte Charles da unten in seinem Wasser jedes an Deck gesprochene Wort. Mannestäterlich winkten die Männer Matilda zu sich. Ob sie steuern könne? Den Motor starten, wenn Brendan ihr Zeichen gebe? Charles fluchte. Cedric kletterte in das praktischerweise noch in den Wellen schaukelnde Boot und teilte übertrieben gut gelaunt mit, dass die Havarie den Reisenden keine Minute kosten werde.

Das war als Lüge krass, selbst für englische Verhältnisse. Der

Schiffsführer, nur mehr in Unterhose, ließ sich von der mittleren Sprosse der Leiter mit einem Seufzer in die See fallen. Dabei spritzte er Cedric nass. Charles gönnte beiden die Kälte.

Welcome, fish.

Brendan musste unter Wasser die Schraube von Hand befreien; die Oberlehrerin im Steuerhaus, so Cedric, besaß einen Pkw-Führerschein. Sie sollte ausprobieren, ob der Motor sich wieder starten ließe. Die beiden mussten sich exakt an das vereinbarte Zeitschema halten, Test alle fünf Minuten, sonst risse Matildas Knopfdruck Brendan die Hand ab.

Unter Garantie raunte dieser Pseudopunk Charles was über ihr Aussehen zu, sie hörte es geradezu, nach zweiunddreißig Jahren Schuldienst hörte man alles. Da kam ihr der Wassermann recht, verlässlich dauerstill. Selbstverständlich konnte sie einen Motor anlassen. Sie konnte auf den Fingern pfeifen, eine Orgel reparieren, ihre Erste-Hilfe-Einsätze waren legendär. Wollte Cedric mal ihre Mund-zu-Mund-Beatmung probieren? Das würde sie ihm anbieten, wenn er wieder oben war. Rippenbrechen Routine!

Cedric hingegen ruderte behände Richtung Frankreich: »Routine, Charles, höchstens zehn Minuten, dann ist die Schraube wieder locker. Haha.«

Charles presste, Routine, die Lippen zusammen.

Durch wie viele Nullpunkte schwamm man?

Wie viele schaffte man an einem Tag? Gab es da eine Begrenzung?

Er war für eine Begrenzung.

Wochenlang nach Abbies Unfall war er sich vorgekommen, als müsste er an Land kriechen, ins Leben zurück. Er vermisste sie stärker als erwartet. Ihr Tod hatte eine Mauer eingerissen, von deren Existenz keiner von ihnen auch nur geahnt hatte, und etwas, ausgedehnter und heißer als der Wärmeschub, der bei großem Erschrecken durch den Körper schießt, war über sie geschwappt. Es hatte, was man Jungsein nannte, in Dampf aufgelöst.

Wenigstens eines wollte er da für sich retten, die richtige Frau. Der Portwein, den der Senior Butler im College mit Rabatt verkaufte, war dunkel und süß, Kopfweh garantiert. Dass er nicht wusste, was Maude trieb, machte ihn wahnsinnig. Weder er noch sie hatten ein Telefon auf dem Zimmer. Er musste in eine der Zellen am Martyrs' Memorial, die einzigen in der Stadt für internationale Anrufe. Die Warteschlange wand sich mehrfach um das Denkmal. War man nach einer Stunde oder mehr endlich dran, waren die Finger manchmal so kalt, dass man kaum wählen konnte. Die Zellen stanken, der Automat fraß die Münzen, die anderen Wartenden starrten herein.

Wunderbar unauffällig hatte die Posttonne den Brief an Maude verschluckt. Kam er an ihr vorbei, starrte er sie an. So beängstigend wie gleisnerisch rot stand die Zukunft vor ihm auf dem Boden.

Log er in dem Brief? Eines Nachmittags auf Sylt hatten Abbie, Silas und Maude einen Dorfgang unternommen, zu dem er nicht hatte mitkommen wollen. Das war Routine, man ging in wechselnden Konstellationen einkaufen, je nachdem, was zu besorgen war. Er erinnerte sich, dass er auf dem Balkon gesessen und gelesen hatte, als Silas und Abigail empört ohne Maude zurückkehrten: Die sei an den Strand abgebogen und habe sie alles schleppen lassen! Die beiden trugen die Tüten in Silas' und Maudes Zimmer, nur dort gab es einen Kühlschrank, und da die Balkone der Räume unmittelbar nebeneinanderlagen und alle Türen offen standen, hörte Charles, wie sie scherzten und überlegten, was sie als Erstes austrinken sollten. Dann wurde es still, verdammt still, bis nach etwa einer Viertelstunde Silas, frisch geduscht, Handtuch um die

Lenden, auf den Balkon trat. Abbie folgte ihm kurz darauf in seinem Bademantel, eine leuchtend gelbe neue Thermoskanne im Arm. Sie grinsten Charles an, er war sich sicher, dass sie ihm einen Streich spielen wollten, und er spielte ihnen einen zurück, indem er sich an den Kopf schlug und rief, fast habe er es vergessen, er sei ja mit Maude verabredet. So stürzte er davon.

Er fand Maude tatsächlich fast auf Anhieb am Strand. Charles hatte hinter dem Dorf (zufällig? intuitiv!) die richtige Abzweigung genommen, nicht zum Wattenmeer, sondern zur Seeseite. Während er an der Nordsee südwärts ging, war er sich über die Natur des Scherzes, den die beiden aufgeführt hatten, nicht mehr so sicher. Abbie schien ihm verändert, kokett (so kannte er sie nicht), dann wieder übermäßig still. Maude lag auf ihrem Handtuch und schlief; er setzte sich neben sie in den Sand und betrachtete sie eine Weile, irgendwann sah sie ihn ebenfalls an. Keiner von ihnen sagte ein Wort, sie berührten sich nicht, er war froh darum, einfach nur neben ihr zu sitzen. Er nahm an, dass Maude ebenfalls von der Schwangerschaft gehört hatte.

Nur Silas lebte noch in der alten Unbeschwertheit.

Charles erzählte Maude von der gelben Thermoskanne. Das wusste sie natürlich schon, sie hatte sie ja mit eingekauft. Davon, dass seine Freundin seit Monaten im Schlaf ab und an ein kurzes Wort murmelte, das er nicht verstand, etwas wie »les« oder »tes« oder »Text«, sagte er nichts. Am Abend versuchte er noch einmal, mit Abbie zu sprechen. Ruhiger diesmal. Sie zögerte, hörte zu, aber sagte nichts, und da er nicht recht wusste, was er halten sollte von der zunehmend in »er«, »sie« und »es« zerfallenden Zukunft, war er froh, als sie meinte, sie sollten abwarten, bis sie wieder zu Hause wären.

Zwei Tag später lag Abbie im Krankenhaus von Westerland, und niemand mehr konnte ihr helfen. Mit ihrem Tod stürzte nichts auf Charles, Maude und Silas ein (auch wenn Charles es gern so gedacht hätte und sich immer wieder fallen fühlte). Die Welt machte weiter, als wäre nichts geschehen. Sie kehrten aus der Polizeistation zurück in eine Realität, in der der Kühlschrank in Maudes und Silas' Zimmer nachts laut brummte und im Supermarkt gelbe Thermoskannen im Sonderangebot waren.

Über Wasser öffnete er die Augen etwa jede Minute, bei jedem fünften Atemzug. Er holte nun öfter Luft. Der Film, der durch das Öffnen und Schließen der Lider entstand, sprang von Bild zu Bild. Die *Henry*, endlich wieder flott, tockerte leiser denn je. Brendan war es gelungen, das halbe Hummernetz, das sich in der Schraube festgefressen hatte, unter Wasser herauszuschneiden; ein Messer zwischen den Zähnen, war er mehrfach zum Rotor getaucht. Matilda und Cedric, unerwartet von einem gemeinsamen Interesse überrascht, hatten die Szene in Comicbildchen für Charles auf das Whiteboard gemalt. Der Kapitän als Pirat!

Sie waren ein vortreffliches Team. Cedric strichelte die Figuren, das hatte Pepp, Matilda sorgte für den Rahmen, Schiff und Schrift.

Der von Charles' Augen erzeugte Film bestand aus langen Sequenzen Dunkelheit. Überhell standen die sekundenkurzen Luftholbilder hervor. Durch das Schließen der Lider wurde seine Innenwelt mächtiger, auch das Hören kippte im Wasser in den Körper zurück, während Arme und Beine ohne Unterlass ins Außen stießen und es zu greifen suchten. So fühlte Charles beides stärker, sich und nicht sich; und auch der Augenfilm zeigte ihm zweierlei, sein dunkles Ich und, in den kurzen, flackernden Stößen, die anderen. Bei ihnen lag die Wirklichkeit, die als wirklich galt, sie umfasste das Boot, seine Menschen und den Charles, den die dreiköpfige Crew beobachtete. Er konnte sich vorstellen, was sie sahen: die schmale Figur im Wasser mit der schwarzen Kappe und dem Futterbedarf, das Fischchen, das alle halbe Stunde in den Köder biss. Nachregenwolken krochen als Zuckerwatten über das Firmament. Auf der blaugrauen Haut des Kanals tänzelten baumähnliche Muster, die sich den Bildern beigeben wollten, sie waren, was man Natur nannte, unausweichliche Spiegelung. Da mischte sich die soziale Welt mit einer neuen Nachricht in Charles' Überquerung des Ärmels ein. Das Whiteboard klappte über die Reling.

Die Nachricht bestand aus zwei Wörtern, die er nicht verstand. Er verstand jedes für sich, aber nicht, was sie gemeinsam bedeuteten. Zwei Wörter, zwei Silben, jede begann mit einem »s«.

Er hatte es auswendig gelernt: Hinter Z zwang eine Reihe untergründiger Sandbänke die Kanalenge in einen unruhigeren Rhythmus. Dabei hatte er sich nichts weiter gedacht.

Auf den Flanken der zunehmend wieder tiefblauen Wogen bildeten sich Mulden wie an den Hüften eines unterernährten Tiers. Es sah aus, als bekomme das Meer Dellen. Immer mehr Wellen brachen über ihren eigenen Tälern zusammen und kehrten nicht wieder. Sie erloschen, als wären sie nie gewesen, und es dauerte nicht lange, und die letzte kleinste Kräuselung erstarb.

Das Wasser entspannte sich. Charles spürte, wie es nachgab. Alles wurde glatt. Wie mit dem Silikonschaber ausgestrichene Glasur. Er schnellte nun mit jeder Bewegung voran.

Der Wind war gestorben.

Still sea, sagte das Board.

Dann war es, als verschwände die Luft.

Nur er, Charles, atmete noch.

Der Kanal lag still wie kalte Suppe im Topf. Der Messerpirat höchstselbst hielt, tonlos, die blank gewischte, silbern gerahmte Tafel vor dem weiß lackierten Schiffsbauch über einem in immer intensiverem Blau aufgehenden Wasserspiegel zu Charles herab: *Still sea!*

Hatte er nicht vom meerischen Stehen der Welt einmal in einem Roman gelesen? Oder war es auf einer der Channel-Webseiten gewesen? Selten, unerklärt.

Da erinnerte er sich: Brendan. Brendan, der Alte, ein irischer Mönch, ausgefahren, das Paradies zu suchen, erzählte davon. Hazel hatte in der Schule eine Arbeit über die Entdeckungsfahrt des frommen Abenteurers geschrieben, Charles hatte ihr geholfen. Kreuz und quer hatte der Bewegungsbesessene seine Mönche über die Salzfluten geführt, sieben Jahre lang, entschieden, mächtig, fabelhaft. Hazel hatte den Mann aus dem frühen sechsten Jahrhundert uneingeschränkt spektakulär gefunden: Grönland entdeckt, vermutlich in Kanada an Land gegangen. Beschrieb die sagenhaftesten Inseln der Erdkugel und vor allem der Imagination. Charles hatte nicht viel damit anfangen können, eine Welt ohne Beweise war ihm fremd. Nun bemerkte er mit Staunen, dass ihn, was er in seinem Leben bis gestern leichthin vom Tisch gewischt hätte, tröstlich anmutete: Da hatte jemand eine leuchtende Säule auf dem Meeresgrund entdeckt, eine Stadt, gebaut aus Schuppen, Ruhe und Glanz bewundert und eine stille See erlebt, das Schweigen des Wassers. Es war dieses Schweigen die philosophischste Minute des Meeres – jene, in der es sich selbst widersprach.

Alles Einbildung. Doch dehnte sich nicht die Stille vor ihnen in die Weite? Beobachteten seine drei Querungsgefährten es nicht ebenfalls?

Gewiss, nur er, Charles, schwamm darin.

Es war, als wachse die Welt.

Als werde sie überganz.

Brendan hatte den Motor der *Henry* ausgeschaltet und hielt sich das Fernglas ans Gesicht. Auch ein stummer Seemann wollte ein nützlicher Seemann sein. Charles, als Wassermann, hatte es besser, er konnte die Stille vor allem fühlen.

Die in ihre eigene Ruhe verwandelte See glich einer Lichtung in einem Wald. Nahezu vollständig durchsichtig hingen ein paar Wolken, langgliedrig wie zartgraue Weitstreckenläufer, unter dem nachmittäglichen Himmel. Charles' Beine arbeiteten so gut wie nicht, seine Arme ruhten sich aus.

Eine Minute Wunder. So viel Zeit musste sein.

Es war nun so still, wie wenn Schnee auf Seewasser fällt. Einmal im Wintertraining hatte er dies erlebt; ein vollkommenes Zur-Ruhe-Kommen, das sich mit jeder Flocke, jedem Schleier von verwehtem Schnee neu aus sich selbst gebar. Nie hätte er gedacht, dass etwas dieser Art im Meer möglich sein sollte, jenem Element, das sich ständig berührte, weil es sich mit sich selbst ausgleichen musste. Alles schien gerichtet, friedlich. Sauberer Zauber, sagte Charles' Silbenzählstimme. Die Nachmittagssonne brannte, nichts lag ferner als Schnee; die Stille indes verband die Jahreszeiten.

Aus seinen schmerzenden Schenkeln stieg ein Gefühl unablässiger Gegenwart, während Sonne und Schatten sich umschlangen. Das Wasser zeigte die denkbar exaktesten Bilder der Wolken, unterbrochen und verzerrt allein von dem eckig gestaffelten Schatten der *Henry*. Die Menschen an Deck berieten sich. In der Stille stand jedes Wort einzeln in die Luft.

»Charles?«

Charles, listen. You're okaaaaaayyy?

Er lachte. Das Lachen glitt einige Zentimeter über die Wasserfläche, verklang.

Let's kick off.

Wind? Verborgen im Schatten von Felsen, die selbst nichts waren als Schatten aus nichts? Charles schüttelte den Kopf.

Doch sein Pilot hatte recht (das war so bedauerlich wie beruhigend): Etwas zwängte sich zwischen die glitzernden Spiegel von Atmosphäre und Wasser. Es war ein Sausen, unendlich flach, das sich strudelteigdünn ausbreitete zwischen der flüssigen Weite und der über ihr stehenden Luft. Eine unsichtbare Hand war über die Flut gefahren und hatte sie beruhigt und gehalten, nun löste diese Hand sich auf. Sie wurde dünner und dünner, und der Kanal erinnerte sich an sich selbst.

Charley, listen!

Das tat er.

»See« klang nach »Seele«.

Es war, so deutlich lag es nun zutage, ein Irrtum, in der See nach dieser Seele zu suchen.

Sie lebte auf ihr. Eine Membran, über die den gesamten Globus umfangenden Meere gespannt.

Dünn und dünner ausgestrichen ohne jedes Geräusch.

You're okaaaaayyy?

Er lachte. Charley! Das war Charley-Darley. Darling Charles.

Sein Lachen glitt dünn über der Haut der See dahin. Der Himmel schwebte nur Zentimeter darüber. Er schwamm.

H_2O, Regel 6: Schlag eine Hand vor die andere, bis du beißt, in den Sand.

Brendan rief: *You're only kicking!*

He's moving alright, sagte die Frauenstimme.

Die Kälte kroch durch Charles' Fett wie ein Rissmuster durch Eis. Sie biss sich durch.

Yes, rief er die glatte weiße Wand hinauf.

Krampf im linken Fuß, Charles spannte gegen. Eine Holzpalette, karamellbraun, blank gerieben, schaukelte an ihm vorbei. Nett von ihr. Fast hätte er gewunken. Der menschliche Körper bestand zu siebzig Prozent aus Wasser. In den anderen dreißig Prozent hauste ein Tier, das nur eines wollte: überleben.

Er schmiegte sein Gesicht in einen Wellenschatten, er kickte, er trank.

Fraglos, es gab wieder Schatten und Wind. Charles gab dem Deck ein Zeichen: *Take a second … cup!*

Kapitän Webb war nach der Überquerung eine Woche lang nicht in der Lage gewesen zu laufen. Länger noch hatte er an dem nackten, rohen Fleischring um seinen Hals gelitten, den man Wasserfraß nannte. Fische kannten das, Charles war sich sicher. Kaum schwächelst du, wird an dir genagt. Es hatte exzellente Gründe gegeben, an Land zu kriechen.

»… von Fütterung zu Fütterung, bis dich was Hübsches an den Eiern kratzt!«

»Oh«, murmelte er, »Freda, ich höre dich.«

Danke, Gehirn. Gehirn von Charles. Sätze schwebten wie aufgeblasene Diamanten, nein, als leuchtende Kugelfische durch den Kanalhimmel auf ihn zu.

Regel 11: Denk, es ist warm.

Er dachte: Wenn ich rauskomme, klirre ich.

Charley, Eisenmann.

Maude öffnete die Tür, schon der Flur roch anders als früher, das kurze gemeinsame Früher von Portland Terrace No 8. Die Frau in der Tür wirkte *composed*. Wie sagte oder dachte man auf Deutsch, was er in der Tür sah: sie, umgeben (*backed up*) von einem anderen Leben. In einem starken Impuls wollte er sie an sich ziehen, als würde damit alles gelöscht, als könnte er sie herausreißen, doch er beherrschte sich, und der Hund wuselte ihm zwischen die Beine, oder ging es andersherum, Sampo lief ihm vor die Füße, und die Handlung erstarb. Im Übersprung griff Charles an Maudes Arm. Sie hatte ihn einbestellt, nein, »gebeten«, auf ein Gespräch, da war er nun.

Sie schüttelte seine Hand ab.

Aber ließ ihn ein.

Silas sei im Haus, sagte sie.

Die Mehrzahl von Charles' Sachen war ebenfalls noch im Haus. Nun, da er gekommen war, er fühlte es deutlich, musste sich etwas ändern. Das schuldete er sich.

Seine Frau ging ihm voran die Treppe in die Küche hinab. Der schwarz-weiße Boden war Charles' Wahl gewesen; das Nussbaumbuffet hatten sie in Camden Market gemeinsam gefunden, den übergroßen Esstisch ebenso. Das Kriechzeug an der Böschung wucherte, der Jasminstrauch brauchte Wasser, sah das niemand? Die Scheiben des Fensters waren erneuert, doppelt verglast statt englischen Schiebe-Ritz-Prinzips. Sie hatte es machen lassen, ohne ihn zu fragen.

Wie er seinen Tee wolle, fragte sie ebenfalls nicht. Beutel rein, eine Minute ziehen, großer Schwapp kalter Milch.

Er nahm die Tasse. Es wäre ihm lieber gewesen, sein Geschmack hätte sich verändert. Er, Charles, hatte sich verändert. Seine Gefühle schwappten. Männer kamen nicht in die Wechseljahre, zu schade, gern hätte er, was er an sich wahrnahm, darauf geschoben. Ab und an war ihm fast weinerlich zumute, unversehens traurig saß er abends an die Terrassenwand seines Oxforder Häuschens gelehnt.

Seine Stimmungen schwankten, er kannte das sonst nicht von sich. An manchen Morgen wollte er gar nicht erst aus dem Bett. Verkroch sich tiefer unter die Decke. Er halluzinierte Chopin und schaute Filme mit Benedict Cumberbatch an.

Anfang April hatte Charles Geburtstag gefeiert mit »Freunden«, meist Kollegen, Studenten, keine Familie. Er hatte gelacht, gescherzt, war ironisch gewesen, ein Professor mit grauem Stoppelbart. Die Oxford-üblichen Akademiker-Cordhosen trug er nicht.

Rich, joggender Doktorand, hatte ihn am Morgen um sieben auf einer Parkbank bei Christ Church gesehen. Ach, antwortete er, er gehe spazieren, beobachte die Krähen. Von seinem Kältetraining, seinem Plan ahnte niemand etwas. Nach zwei Stunden waren alle Gäste geräuschlos und effektiv verschwunden, *very British*, es war eine eigene Kunst: Sie verdunsteten.

So ging das hier mit Freunden.

Und so sollte es weitergehen?

In dem leeren Haus fühlte Charles sich warm und kalt und vernünftig und zum Heulen. Seit er allein lebte, empfand er, wie begrenzt die ihm verbliebene Lebenszeit war, er spürte seine Sterblichkeit. Aber auch Maudes. Regelmäßig schalt er sich dafür: De facto war nichts daran vor seinem Auszug anders gewesen, doch dieser vernünftige Ist-gleich-Gedanke besserte sein Elend nicht, er vertiefte es.

»Ich habe Hazel ein wenig erzählt«, sagte Maude.

Von früher?

»Von jetzt«, sagte Maude. »Dass wir uns friedlich unterhalten.«

Sie fragte nicht, wie er seine Tage verbrachte. Garantiert nahm sie an, dass er sich in seinem Labor verkroch. Charles, einfallslos. Dank seiner Schwimmpläne konnte er ihr ins Gesicht blicken. Wie sie sich täuschte! Vertraut sah sie aus. Eigentlich wie immer. Nicht besser. Er war erleichtert. Besser auf keinen Fall.

Schlechter ebenfalls nicht.

Er hoffte, dass auch er nicht schlechter aussah als vor dem Auszug. Er hatte ebenfalls an Hazel geschrieben.

Maude zuckte mit den Schultern. Sie hatte mit Hazel telefoniert. Was er glaube.

Charles, *quite daft*, sprich doof. Offensichtlich war er nervös. Der Gedanke, dass Silas sich im Haus befand, irgendwo über ihm, beruhigte ihn nicht.

Ob er im Bett lag? Das Charles' und Maudes Bett gewesen war? Auf seiner, des Ehemannes, Seite? In dem Lesesessel saß, den Charles sich als Einzugsgeschenk gekauft hatte? Es wurde gruselig, wenn man sich die Details vorstellte. Es war so – profan.

Seine Studierenden folgten eigenem und fremdem Leben online. Pulsmessung beim Joggen, beim Schlafen, beim Sex. Man sah sich gespiegelt in seinem Gerät. Er verstand, was daran kostbar war. Er benutzte es ebenfalls. Unter Innenleben hingegen stellte er sich noch immer etwas anderes vor. Davon konnte doch nicht nur Teebrühen nach der Methode »englisch praktisch« übrig geblieben sein.

Hazel hatte ihm geschrieben, dass sein Auszug ihr leidtue. Sie hoffe, ihre Eltern könnten die Krise lösen (Krise? Hatte Maude Silas denn nicht erwähnt? Oder nahm Hazel wie ihre Mutter an: Die Situation ließ sich lösen – mit Silas?). Um sie solle er sich keine Sorgen machen. Ob sie etwas tun könne für ihn?

Er hatte ihre Energie gespürt, ihren Lebenswind. Wie beschäftigt sie war. Hatte sich gefreut daran; war einsam gewesen darin.

»Bin ich hier, um mit dir über Hazel zu sprechen?«, fragte er Maude.

Die ihm, in Leggings und dicken Strümpfen, die Beine angezogen, beide Fersen auf der Kante des Stuhls, in Kapselhaltung also, Tasse auf den Knien, gegenübersaß. Und ihn eine Spur belustigt ansah.

Ah, Charles! Ob er nicht verstehe oder nicht verstehen wolle? Er sei hier, weil sie ihm etwas zu sagen habe. Sie hätte es ihm schon vor der von ihm verhängten Auszeit gesagt, wäre er nicht so eifrig davongerannt.

Und das tue er gleich wieder, sagte er.

Sie schien ihn gar nicht gehört zu haben. Nun, sie habe nachgedacht. Sie wolle noch immer, dass er es erfahre.

Lange her sei es nicht. Letztes Jahr. Habe er nicht eben gemeint, in dieser Geschichte kämen zu viele Briefe vor?

Bevor sie anfange: *Another cup of tea?*

Sie packte Shortbread aus einer roten, neuen Dose. Der Doppeldeckerbus klebte richtig herum am Kühlschrank und hielt eine Einkaufsliste fest.

Ob Charles sich an das beigefarbene Kuvert der Londoner Anwaltskanzlei erinnere, das im März vor einem Jahr gekommen war?

Selbstredend erinnerte er sich. Er hatte die Edelsendung vom Teppich hinter der Eingangstür geklaubt und in die Küche getragen, wo Maude bei ihrem ersten und er bei seinem zweiten Samstagsfrühstück saß. *Solicitors.* Da bekam man erst einmal einen Schreck.

Zu viele Briefe, sagte seine Nochfrau, vielleicht habe er recht. Ihre zweite Tasse Tee hielt sie in der Hand. Die erste hatte sie ins Waschbecken gestellt. Ungespült.

Der ebenfalls beige Briefbogen hatte Maude davon in Kenntnis gesetzt, dass Tex, Silas' Vater, vor zwei Monaten verstorben in Frankreich, ihr etwas vermacht hatte. Es liege zur Abholung in der Kanzlei bereit.

Ein paar Tage später war sie nach Inner Temple aufgebrochen. Dem Brief war ein Lageplan beigegeben gewesen; den Eingang neben dem altehrwürdigen Laden von Ede & Ravencroft, englische Perücken, solle sie nehmen. Gemeinsam hatten sie sich noch darüber amüsiert. In Londons juristischem Herzen saßen Rechtsmenschen unter künstlicher Haarschneckenpracht wie zu Charles Dickens' Londoner Nebelzeit.

Als seine Frau zurückkam (heiter?, aufgekratzt?), hatte sie ihm hier am Tisch das Amulett gezeigt. Rotgolden, eine feine, erhabene Rose auf dem Deckel. Ein Familienstück.

Sie trug es nicht; es wurde, nahm er an, in eine Schmuckschatulle gelegt und dort vergessen.

Er vergaß es.

Dicke Brombeerranken wucherten von der Treppenbrüstung. Das Licht hier unten hatte immer gewirkt, als befinde man sich unter Wasser.

Ein Brief, sagte Maude, habe das Amulett begleitet. Genau genommen seien es zwei Briefe gewesen. Ein neuer, ein alter. Einer von Tex, der andere von … Ein Brief aus dem zweiten Sommer auf Sylt. Gestempelt am Tag vor ihrem Tod.

Er setzte den Schlag hoch, zählte, zählte.

Regel 11: Es ist warm.

Brendan rief Ergebnisse, die aus Schiffsnamen, *bli'me* und *blast* bestanden. Er kontrollierte die Route auf Move-in-real-time.com. Sie kreuzten in die französische Fahrrinne. Weit gekommen, fand Charles.

Und fühlte sich trotzdem enttäuscht. Da schwamm er und schwamm, und was trieb aus seinem Gedächtnis auf? Die Küchenszene vor ein paar Wochen. Daran hätte er sich auch im Trockenen mühelos erinnert. Er hatte mehr erwartet, ein größeres Geheimnis. Oder wenigstens irgendeine Art von Geheimnis. Von Erleuchtung wollte er schon gar nicht mehr sprechen. Von Veränderung aber doch.

Oder war es schlicht so: Alles trieb an der Oberfläche dahin?

Weil man nichts war als eine Haut wie das Meer, über die der Wind strich, die die Sonne ein wenig erwärmte, auf die Dunkelheit fiel? Unter ihr mochten ein paar Fische ihr Wesen treiben und jede Menge Plastikteile unermüdlich mit den Plastikarmen wedeln. Vor allem aber herrschte eines: Leere.

Er presste seine rechte Wade. Senkrecht, lotrecht, Glitzern, senkrecht, lotrecht, Schmerz. So also redete er nun mit ihm, *his dear Channel*. Er knirschte mit den Zähnen auf Charles' Muskeln.

Denk an Gertrud! Es half immer, an etwas zu denken, was schlimmer war. Er hatte einen Waden- und Gehirnkrampf, Gertrude Ederle, die erste Frau, die den Kanal durchquerte, hatte für den Rest ihres Lebens an Nervenzusammenbrüchen und einem Gehörschaden vom Dauerklatschen der Wellen gelitten. Charles drückte, fluchte, trat. Wann endlich rief jemand *feed*? Magnesium, Kalium, Ingwer, *as many drugs, please, please, as you can*.

Übersäuerung, Schrumpfung, Wasserfraß.

Schwarzen Tee gab es auch?

Tee. Zucker schon drin.

»Lots of milk«, sagte Charles.

Durchscheinend licht stand der Tagmond unterhalb der Sonne am Himmel, aufgegangen aus dem Nirgendwo. Späterer Nachmittag. War Sommer? Es hatte geregnet. Der Wind wehte. Sommer war doch. Noch für Stunden wäre es hell. Die Wellen zappelten, als hofften sie, nach Jahrmillionen der Jagd exakt heute Nacht den Mond zu erwischen und ihm übers Gesicht zu lecken. Charles leckte sich über die Lippen. Fahrrinne zwei. 500–600 Handelsschiffe pro Tag, 340 Meter lang, Tiefgang 25 Meter, Gewicht 30000 Tonnen, gefüllt mit Kleidung, Autos, Molasse, Öl. Quer dazu 100 konventionelle Fähren, diverse Hochgeschwindigkeitsfähren, 50–70 Jachten, Schiffe der Küstenwache, Urlaubssegler, Kriegsschiffe auf Übungsgang, gigantische Kreuzfahrer, ein paar Fischerboote und ein oder zwei oder drei Kanalschwimmer, die punktklein neben einem Boot kraulten und japsten. Von einem Bremsweg konnte weder bei den großen Schiffen noch bei Charles die Rede sein. Die einen bremsten horizontal, abwärts er.

»Ha«, sagte Brendan, »das war ein Witz.«

»Ha«, sagte Charles, »das ist ein endloser Krampf.«

Schiffe Richtung Nordosten jetzt. Sie zogen vor der französischen Küste durch den Ärmel, möglichst ohne die Sandbank Varne inmitten der Fahrrinne zu touchieren. Daneben kräuselte ein Sandhaufen namens Le Colbart die Wellen auf, Strömungen wurden stark. Hektisches Spurgefädel, Schifferpanik, Bugwellen, seitlicher Wellengang, genannt das große Stelldichein. Und schon ging es wieder von vorn los: Containerschiffe, Luxustransporter, Jachten, ein Kreuzfahrer, Fähren, Schiffchen und Boote, Treibholz, Plastik, Schrott und mitten in diesem Treibgut – er. Welche Torheit diese Schwimmerei war. Welch großartiger Wahn.

Bei diesem Gedanken hatte, endlich, auch das krampfende Bein genug und entspannte sich.

Ha?

You're not making much progress.

Er schwamm nicht zügig genug.

Nahmen die ihn noch ernst?

This will kill me, schrie er die glatte Wand hinauf.

Mit immer neuer Kraft drückten ihn die zerschifften Wellen gegen die *Henry*. Er wechselte die Seite.

THIS!

Beim Atmen blickte er weiterhin nach links. Da sah er kein Schiff, sondern Glast. Der späte Nachmittag sorgte für Dunst, die Brille für Tropfen. Das Schiffsmaschinchen schnurrte, das Maschinchen Charles schnurrte, Sampo, der Alte, legte ihm den Kopf aufs Knie. Charles war zurück in der Küche. Danke schön. Wollte er das? Eine aberwitzige Leichtigkeit griff nach ihm. Er war ein Schwimmgetriebe, dessen Zahnrädchen sich angenehm geschwind aneinanderschmiegten: Uhrwerk, Unruhe, Herz. In der rechten Schläfe, wo Gemüt und Sehnsucht seit Stunden chemisch umeinanderkreisten, breitete sich ein großer Fleck Zufriedenheit aus. Manche nannten das Müdigkeit, Kältephase zwei. Man hatte ihn gewarnt vor dieser verführerischsten aller Nixen, der einen, die in den Blutbahnen des Wassermenschen mithilfe von Melatonin, Leptin, Adenosin ihr berückendes Liedchen sang.

Blau, *blue*.

Bl…bl…

SWIM, gellte das Boot.

Sie hatten im April 1981 auf einem roten Doppeldeckerbus in London geheiratet. Maudes Eltern reisten an, Silas' Vater Tex kam als Gesellschaft für Charles' Mutter. Nur Silas war zu verdanken, dass sie sich überhaupt kennengelernt hatten, er war mit der Geschichte von Anfang an vertraut, war Teil von ihr. Sie konnten ihn nicht nicht einladen, und wenn sie ihn einluden, dann als ihren Trauzeugen, als Charles' *best man*. War er das nicht?

Es verblüffte Charles, dass Silas umstandslos zusagte. Dann freilich verschwand er gleich nach dem Mittagsbuffet, verschwand für fast drei Jahrzehnte mehr oder minder aus ihrem Leben (Silas und die Geschäfte: die Eleganz, der Tee, die Frauen, die Reisen. Charles und die Chemie: Eleganz der Teilchen, Forschung in Deutschland, Hazel und Maude. Maude: Schluss mit Eleganz. Neue Musik, Konzerte, Kind, Mann), nachdem er, reichlich betrunken, mit Trauerflor am Arm von der Toilette zurückgekommen, auf Charles zugetorkelt war, ihn umarmt, ihm die Hände auf die Schultern gelegt und ihm lange und ernst in die Augen gesehen hatte. Vollkommen nüchtern, wie Charles wohl begriff.

Und erinnerst du dich, was du in diesen Augen sahst?

Na, wie würdest du es nennen?

Trauer?

Come on, das ist billig. Traurig war Silas bestimmt. Wenn auch nicht nur.

Spott? Das trifft es schon eher. Aber ein kleiner, funkelnder. Ein Spott, den man wegwischen kann.

Jetzt kommt es schlimmer: Liebe?

Zu wem?

Großzügigkeit?

Hu-hu …, was wand Charles den Hals da im Wasser, was wand er sich.

Sie hatte es lange gewusst, sagte Maude, lange vor dem Brief der Londoner Anwälte. Abbie hatte ein Verhältnis neben Charles gehabt. Wenn auch nicht mit Silas. Sondern mit Silas' Vater. Ein Verhältnis mit Tex.

Maude stand auf und goss sich Sherry in ein kleines Glas.

Er dachte: Wann? Abigail ein Verhältnis mit Tex. Er dachte: Jetzt?

Wie verdrängungsblöde konnte man werden?

Der Zeitraum war klar begrenzt. Damals, als sie mit ihm, Charles, zusammen war.

»Wie?«, fragte er. Er klang sachlich. Unverändert, eigentlich.

»Im Bett vermutlich«, sagte Maude. Er hörte an ihrer Stimme, dass sie das witzig fand. Sie nervte ihn.

Es war still im Haus. Einmal knackte die Wand. Die Heizung lief, ein kalter Mai. Der Tee sah hübsch aus in seiner Tasse. Ihre weiße Wand spiegelte sich in dem inzwischen erkalteten Getränk. Auf der Außenseite der Tasse saß ein in schwarzen Strichen gezeichneter Hase, nur Brust und Kopf. Er trug die britische Krone zwischen den Löffeln, rosafarben.

Abbie sei schwanger von Tex oder ihm, Charles, gewesen. Dass sie die Affäre mit Tex gehabt habe, sagte Maude, habe ihre Schwester gequält. Er könne sich das gewiss vorstellen. Er habe sie ja gekannt. Abbie liebte Klarheit, sagte gern an, wo es langging.

In der Böschung blühten die letzten Narzissen, eine Amsel sang.

Er Abbie gekannt! Maude hatte nicht gesagt, dass er sie geliebt hatte. Das traf ihn. Es stimmte. Wenngleich nur zum Teil.

Wie es auch stimmte, dass Abbie mit Vergnügen Regeln festgelegt hatte. Sie hatte ihn mit dieser Eigenschaft angezogen und vor den Kopf gestoßen. Beides gleichermaßen. Er hatte sich selbst darin erkannt.

Ihre Schwester habe das Verhältnis mit Tex nicht zugeben wollen, sagte Maude, vor keinem von ihnen. Sie fand es unerträglich, so unentschieden gewesen zu sein. Es hatte nicht in Levain angefangen. Dort hatten sie sich nur kennengelernt.

Über den Winter hin war es entstanden. Abbie, die am Wochenende nach Oxford fuhr. Tex, der in seiner Londoner Wohnung lebte und während der Woche von Charing Cross nach Reading fuhr. Oft. Und immer öfter.

Charles sagte nichts. Er konnte es sich vorstellen. Tex im Tweed mit Pelzkragen. Etwas Französisches an sich, elegant jedenfalls. Der Abbie in Restaurants einlud, für sie kochte, ihr bei Tisch vorlegte. Charles erinnerte sich, dass ihm irgendwann aufgefallen war, dass Abbie sich mittlerweile bei Weinen auskannte. Er selbst hatte wenig Zeit für Zweisamkeit, die Experimentreihen im Labor, die er für seine Dissertation brauchte, liefen auf Hochtouren. Gewiss, er war froh, wenn Abbie ihn besuchte, es war nur jedes dritte oder vierte Wochenende, sein Kopf steckte voller Formeln und Fragen, und sie lenkte ihn ab, indem sie von den Filmen erzählte, die sie sah, es schienen viele zu sein, Bergman, Funès, Woody Allen, einen Videorekorder besaß sie jetzt auch, aber er fühlte sich nicht nur unfroh, wenn sie wieder fuhr.

»Sie schämte sich vor dir. Aber auch vor Silas«, sagte Maude. »Dass es sein Vater war.«

Also hatten die Mädchen schon damals darüber gesprochen?

Maude war eingeweiht gewesen? Hatte beobachtet, wie ihre Schwester ihn hinterging. Er dachte es so: »ihn hinterging« – und war sich unangenehm des Umstandes bewusst, dass es keine Verabredung zur Treue gegeben hatte. Er war nicht treu gewesen, Abbie hatte das durchaus verstanden, auch wenn er mit keiner anderen schlief als ihr. Und Abbie selbst? Er hatte angenommen, dass sie ausschließlich mit ihm, er hatte … nicht nachgedacht. Sich für unwiderstehlich gehalten. Und Maude hatte dabei zugesehen.

Konnte man Hörner aufgesetzt bekommen, die es nicht gab?

Es fühlte sich so an.

Er schämte sich. Nicht, weil er gedemütigt worden wäre. Er schämte sich der einstigen Selbstsicherheit.

Dabei war, was geschah, tatsächlich auf der Oberfläche dahingetrieben. Es war nicht versteckt gewesen. Nur er hatte es lange Zeit nicht gesehen. Und es, als er davon wusste, sofort wieder vergessen.

»Arme Abs«, sagte Maude. Und goss ihm ebenfalls einen Sherry ein.

Schweigend saßen sie da. Das Amselmännchen auf dem Jasminstrauch ruckte ein paarmal mit dem Kopf. Der mannshohe Kühlschrank sprang an.

Wie lächerlich. Seine Freundin mit dem alten Kerl! Obwohl: Tex war Mitte vierzig gewesen, als sie ihn in Levain besuchten. Dass Charles sich einen Vierzigjährigen mit einer Zwanzigjährigen heute mühelos vorstellen konnte, half nun auch nicht weiter.

Erst da ging ihm auf: Wenn Maude, wie sie gesagt hatte, von dem Verhältnis schon vor Tex' Brief gewusst hatte, wie hatte sie dann jemals an seine Lüge, Abbie habe Sex mit Silas gehabt, glauben können?

Lag da, trieb obenauf. Man musste es nur miteinander verbinden.

Maude gab sich wenig Mühe, ihr zufriedenes Lächeln zu unterdrücken.

Ihr sei es bei seinem alten Brief um etwas anderes zu tun. Vielleicht wollte er das Ende noch einmal lesen, die allerletzten Zeilen?

Besserwisserisch ging das Schiff vor ihm auf und ab in den Wellen. Mächtig gingen die Wellen auf und ab mit dem Schiff und anders voran. Anderswohin als das Schiff, anderswohin als Charles. Und jede Welle noch einmal anderswohin für sich. Der Himmel ging auf und ab und drehte sich. Charles würgte, nichts kam.

Look, sagte Brendan, wenn er nicht sofort kräftiger schwimme, hole er ihn heraus. Es sei knapp vor sechs.

Furor der Wellen im Hirn, glasige Leere der Rest. Hörte er etwas kichern? Unsinn. Es war nur das Mahlwerkgefühl.

Charles winkte als Zeichen seiner Einsicht dem Piloten zu. Seine Hand sah fremd aus, als sie zurück ins Wasser glitt. Wächsern und weiß, fast wieder glatt.

Heftig schlug der Puls, der in der Kehle saß. Wolken stürzten einander vorwärts und rückwärts in die Arme, stoben in wattigen Fetzen in verschiedene Richtungen davon.

»Hörst du noch zu?« Nun erst folge, was sie ihm anvertrauen wolle. Es betreffe sie beide.

Er schaute sie an.

»Doch«, sagte sie, »uns.« Aber Silas zuerst.

Tex habe ihr das Amulett als Dank dafür vermacht, dass sie Silas nichts verraten habe. Sie habe geblufft. Eben gerade! Ein bisschen gelogen. Von der Affäre Abbies mit Silas' Vater habe sie in Wahrheit erst nach Abbies Tod erfahren. Mehr als ein Jahrzehnt später. Von Tex. Abbie hatte nur erzählt, dass sie schwanger war.

Von Charles. Dass es noch jemanden außer ihm in Abbies Leben gab, habe sie, die Schwester, sich lediglich gedacht. Ja, sie habe es so gut wie gewusst. Tex im Verdacht gehabt. Schwer sei das ja nicht gewesen.

Er stöhnte, war indes vorsichtig genug, es nur innerlich zu tun. Da war es wieder, Maudes unglaubliches Talent, Klarheit zu schaffen und diese Klarheit sofort wieder zu zerstören.

Ein musikalisches Talent. Sie setzte einen Ton, umspielte ihn. Eine Melodie begann. Sogleich trat eine zweite aus ihr hervor, zu ihr hinzu.

Geradeaus ging da nichts. Es war das Gegenteil von ihm, seinen Formeln, den Reaktionen im Reagenzglas, der Mathematik des =.

Er musste gequält oder zweifelnd geschaut haben, es war einer dieser Ehe- oder Nachehemomente, man meinte nicht, etwas zu zeigen, der andere hingegen sah es (was auch immer es für ihn war), fühlte sich genervt oder gerührt (wider Willen), nur dass Maude diesmal sachlich blieb: »Doch!«

Tex. Naheliegend sei das gewesen. So oft, wie Abbie zuletzt nach London fuhr. Statt Oxford. Und nicht selten von dort weiterreiste. Was habe er sich dabei eigentlich gedacht?

Nichts?

Nicht einmal die Francs-Noten in ihrem Geldbeutel seien ihm aufgefallen. Die müsse er doch gesehen haben.

Maude seufzte. Erfahren, *for sure*, habe sie alles erst Jahre später in Levain-le-Bain. Bei ihrem zweiten Besuch in den Cevennen, dem Besuch zusammen mit Hazel und ihm, habe Tex ihr von seiner Liebschaft mit Abbie erzählt.

»Abbie glaubte, es sei mit dir passiert. Trotzdem hatte Tex ihr jede Hilfe angeboten. Er war bereit, nach England zurückzuziehen, für das Kind zu sorgen, unabhängig von der Vaterschaft. Sie schlug alles aus. Sie wollte dich.«

Er konnte sich nicht dagegen wehren: Es schmeichelte ihm. Zum Glück sah vermutlich nicht einmal Maude ihm dies an. Sicherheitshalber senkte er den Kopf und trank einen Schluck Tee. Kalt und süß.

Der zweite Besuch bei Tex, Charles überschlug die Zahl im Kopf, war fünfzehn Jahre her. Vielleicht auch etwas mehr.

»Du hast mir nie von Tex ... von seinem Engagement erzählt. Kein Wort«, sagte er.

Sie betrachtete ihn, als wäre er der Hase auf der Tasse. Ein Hase, noch im Fell, und sie überlege, ob sie ihn laufen lassen oder ihm eben dieses Fell über die Ohren ziehen sollte.

»Also«, sagte er eilig, »sind wir quitt.«

Er hatte einen Brief geschrieben, in dem er einen Verdacht gegen Silas säte, an den er selbst nur halb glaubte; sie hatte ihm nichts von Tex' Geständnis verraten. So hatte jeder sein Geheimnis.

Sein Lügenbrief. Nein. Sein Liebes-Lügenbrief. Sein Liebesbrief. Mit Notlüge.

»Stimmt das?«, sagte sie.

Er schluckte.

Maude klang selbstsicher. Fast triumphierend. Hielt sie etwas in der Hinterhand? Hatte einen dieser Frauenpläne ausgeheckt, die schrecklich undurchschaubar waren, immer um Ecken von Menschen gedacht, die er, Charles, an diesen Menschen gar nicht bemerkte? Er dachte an Tex.

Er schwamm.

Und dachte an Tex. Da war noch etwas gewesen. Tex, entspannt, braun gebrannt. Der zweite Besuch in Levain. Schritte, etwas Warmes. Tex' Füße in Sandalen. Der Boden, ein Stück Speck, hinuntergefallen, daneben Rührei, heißes, tropfendes Öl. Fast lag ihm das nächste Wort auf der – vom Salzwasser geschwollenen – Zunge. Fast griff er es.

Mister C!

Charles' Blick zuckte nach oben.

»7.00 p.m. Well done!«, sagte sein Leuchtaugenmann.

Zwei einander gleichende Fähren zogen am Horizont auf wie eine Sternenkonstellation. Cedric bestätigte: Charles hatte Strecke gutgemacht. Ankunft vielleicht, mit etwas Glück, gegen zwei.

Er spürte seine Freude als Nachlassen der Schmerzen im Nacken: unerwartet viel Wasserzeit geschafft.

Er war bereit! Nur saß in der Mitte seines Halses ein undurchdringlicher Knoten aus Anstrengung und Salz. Kohlehydrate für die Leber, sonst loderte das Fettverbrennen noch einmal auf, der letzte, panische Sauerstoffverbrauch. Oder hatte der ihn schon im Griff?

Er rief etwas Richtung Schiff.

Brendans Hände formten einen Trichter an Brendans Mund. Sie waren wundersam groß.

Dabei wuchs nur Charles' Maul! Davon, was der Pilot rief, verstand er kein Wort. Dafür erinnerte er sich nun daran: Brendan hatte das mit der Dunkelheit gesagt. Dass im Inneren jeder Mensch dunkle, weiche Finsternis sei.

Essen? Ach. Er schwamm doch schon wieder. Er war schön taub. Und keine Riesenhand pflügte durch die Luft, kein wütender Schiffsführer packte ihn am Kragen und zog ihn zurück. Also durfte er.

Sein Körper war dunkel, weich war er nicht. Er brauste.

Den gesamten Winter über hatte er in der Isis trainiert. Sich danach abgerubbelt, eingepackt, mit schlotternden Fingern auf einer Parkbank Tee aus der Thermoskanne getrunken. Hinter den morgendlich überfrosteten Bäumen lag das Feld von Merton College, das der Reif der vergangenen Nacht milchig weiß bedeckte. Wo er schmolz, bildeten sich dunkle Spuren; etwas davon glich Charles' Leben, er verstand nicht, was, wusste es nur.

In den nackten, glitzernden Bäumen rissen die torfschwarzen Krähen der Insel die Schnäbel auf, rissen die Vorfahren der Vorfahren dieser Krähen die Augen auf, sie saßen in den Platanen von St. Giles, fünf Uhr morgens, noch dunkel, und schnappten nach Träumen, Futter und Ich.

Nachdem Maude noch in der Anwaltskanzlei Abbies Brief an Tex gelesen hatte, gestempelt am 22. August 1978 auf Sylt, »kein Abschiedsbrief«, hatte sie Silas erzählt, dass er, Charles, im darauffolgenden Herbst den Unfrieden zwischen ihnen gesät hatte. Silas sagte wenig dazu. Zuckte die Schultern. Es sei offensichtlich gewesen. Wer sonst!

Maude hatte sich daraufhin bei Silas entschuldigt. Für ihre Kleinmütigkeit damals. Zu rasch hatte sie ihm misstraut nach Charles' Zeilen.

»Das aber«, sagte Maude, »wischte Silas großzügig vom Tisch.«

Charles sah sie an. Sie saß ihm sehr aufrecht gegenüber. Ihr Gesicht hatte sich leicht gerötet, er glaubte nicht, dass es an dem Sherry lag, den sie trank.

Silas hatte gesagt, dass es für ihre Zurückhaltung vielleicht gute, ihr im Jahr 1978 nur halb bewusste Gründe gab. Sonderlich verlässlich sei er, er erinnere sich nur zu deutlich, nicht gewesen. London hatte sich für ihn in eine Art Flughafen verwandelt, er brauchte mehr Welt und wäre über kurz oder lang ohnehin aufgebrochen. Ohne sie. Er liebte die Musik als Hobby, für sie war sie Berufung. Was hätte sie als Pianistin in Darjeeling, an den Berghängen des Huang Shan im Osten Chinas oder im Hochland rund um Nuwara Eliya im Süden Sri Lankas getan, wo er auf Jahre hin Teeplantagen bereiste und Verhandlungen führte?

Bei diesen Worten habe sie sich an die Zärtlichkeit des Neins zwischen ihnen erinnert. Maude hatte nicht nur der Musik, sondern auch ihrer Eltern wegen in Europa bleiben wollen. Es war richtig so und traurig; Silas und sie hatten gemeinsam entschieden, getrennter Wege zu gehen.

»Dein Brief der Grund?« Spott blitzte in ihren Augen. Er habe eine Neigung zu Dramatisierungen. Zur Selbstüberschätzung. Sie schwanke, welche dieser Eigenschaften sie weniger schlimm finde. Ein Anlass war sein Brief, ja. Sie hatten ernst genommen, was er sagte. Schließlich war er ihr bester Freund. Und, wie stehe es da mit etwas Großzügigkeit des Herzens – heute, bei ihm?

Sie nahm ein Stück Shortbread, knabberte aber nur mit den Vorderzähnen daran. Sie schwiegen eine Weile.

Nicht einmal der Hund war da, er wurde von einem professionellen Gassigehdienst mit einer Meute anderer Hunde durch irgendeinen Park geführt. Maude hatte Schmerzen im linken Knie. Man wurde nicht jünger. Das sagten sie immer, nein, hatten sie immer gesagt, wenn eine dieser Ältere-Knochen-ältere-Sehnen-Misslichkeiten aufgetaucht war. Und wenn es möglich gewesen wäre, dachte er da auf seinem Küchenstuhl, ob sie sich dann in den Herbst 1978 zurückgebeamt hätte? Und anders entschieden? Er nicht. Er hätte sich nicht anders entschieden.

»Hörst du zu, Charlie? Da … da ist noch was.«

Ihr Freund ahne nicht, sagte Maude, dass es das ihm unterstellte Verhältnis wirklich gegeben hatte, nur eben mit seinem Vater statt mit ihm. Nach der Trennung von Maude war Silas nach Levain-le-Bain geflohen und hatte Tex sein Herz ausgeschüttet. Der allerdings hatte es nicht fertiggebracht oder vielleicht nicht für nötig gehalten, seinerseits zu vertrauen. Er hatte dem Sohn, der mitgenommen von seinen Lebens-, sprich Frauenschwierigkeiten vor ihm saß, nicht gestanden, dass er, der alte Mann, vielleicht ein weiteres Kind gezeugt hatte. Mit der Schwester der Freundin seines Sohnes. Die zugleich die Freundin des besten Freundes dieses Sohnes war.

Nein, das klang nicht schön. Das klang unbequem, und das war es auch. Also habe Tex nichts davon erwähnt und es kurz vor seinem Tod erst recht nicht gewagt, das Thema anzuschneiden.

»Und?«, sagte Charles.

Tex! Der hatte ihm gerade noch gefehlt. Tex mit dem französischen Gesicht und der amerikanischen Figur. Tex, viel zu gut aussehend, viel zu lässig, viel zu vital, um in ihrem Leben herumzulaufen. Zwei Mal war er in dem südfranzösischen Steinschloss dieses Mannes gewesen, einmal als junger Mann, und viele Jahre später mehr oder minder zufällig zusammen mit Hazel und Maude. Nicht einmal was die Körpergröße anging, hatte er Silas' Vater je eingeholt.

»Gib zu, er jammerte, weil er dich als Schwiegertochter verloren hatte, weil ihr, du und sein Sohn, perfekt zusammengepasst hättet.«

Maude sah peinlich berührt aus. Fast musste er lachen. Was waren Menschen kompliziert. Ständig dachte jeder darüber nach, wie er vor sich und seinem Umfeld dastand, wie er seine Vorteile pflegte und seine Probleme bei anderen ablud.

Mit einem Schlag verstand er. »Silas hat nie gesagt, dass er *nicht* mit Abbie geschlafen hat, oder?«, fragte er.

Nun lachte er wirklich, wenn auch nur innerlich und überwiegend aus Überraschung. In wie vielen Schwimmlagern waren Silas und er zusammen gewesen? Wie viele Zimmer hatten sie miteinander geteilt? Und wie oft hatte Charles vor der Tür gewartet? Und versucht, nichts zu hören?

Hatte nicht auch Maude von Anfang an annehmen müssen, was er erst begriff: dass Abbie, die bewegliche Abbie, also vielleicht doch mit Silas im Bett gewesen war? Abgesehen davon, dass sie mit dem Vater von Maudes Freund ebenfalls ins Bett ging und selbstverständlich mit Charles, mit dem sie offiziell zusammen war. Während Maude, die sich als Königin gefühlt hatte, das Zentrum, die Gefragtere im Vergleich zu ihrer Schwester, nun die Naive, Zurückhaltende und aller Schönheit zum Trotz Erfolglosere gewesen war?

Sie habe Tex geraten, die Sache auf sich beruhen zu lassen. Tex, der umgehend zurückfragte, ob denn die Liebe eine Zeit habe.

Natürlich, habe sie geantwortet. Das glaube sie auch heute noch. »Eine Zeit. Und bisweilen zwei. Und …«, sagte Maude. Maude mit den geröteten Wangen und ihrer leisen Stimme.

Charles stand auf und trat ans Küchenfenster. Das war es also, darum ging es: dass eine Liebe zwei Zeiten haben konnte. Und zwei Lieben … eine Zeit. Ihn wunderte, dass Maude die Fliesen nicht zu kalt fand an den nackten Füßen. Hier, an der Tür hinaus zur Außentreppe, zog es durch alle Ritzen. Die Shortbread-Packung lag offen vor ihm, verstohlen steckte er sich einen halben Keks in den Mund.

Nach einer Weile drehte er sich zu Maude zurück. Sie war ebenfalls aufgestanden, lehnte mit dem Po gegen die Tischfläche.

Sie werde ihm reinen Wein einschenken. Sie habe sich in dieser Augustwoche in Levain, als Tex ihr von seinem Verhältnis mit Abbie erzählte und dann von Silas (er hat nie geheiratet), für das entschieden, was sie hatte. »Nenn es Bequemlichkeit, wenn du willst.« Oder Klugheit. Dem könne sie ins Gesicht sehen. Sie habe ein gutes Leben gehabt. Und sich auf die Seite dieses guten Lebens geschlagen. Für eine Tochter, mit der sie glücklich war. Die mit ihrem Vater glücklich war. »Mit dem ich glücklich war, die meiste Zeit.«

Sie wiederhole es gern: Sie hatte sich in Levain auf die Seite dessen geschlagen, was da war, die Welt an Charles' Seite.

Er schwieg.

»Du weißt, was ich aus Abbies letzten Zeilen erfuhr.«

Wäre er gern im Erdboden versunken? Er saß schon darin. Abbie hatte ihm an dem Abend auf Sylt nicht nur gesagt, dass sie schwanger war, sie deutete auch an, dass es bisweilen einen anderen gegeben hatte. Alles sollte er wissen. Sie wollte mit den Affären aufhören. Noch einmal von vorn anfangen, mit ihm. Sie hatte ihren Kalender gezückt und ihm vorgerechnet. Das Ergebnis war eindeutig gewesen: Es musste sein Kind sein. Er hatte nicht widersprochen. Er wusste so gut wie sie, wann es passiert war.

»Sie schrieb«, fuhr Maude fort, »du habest ihr aufmerksam zugehört, sie angesehen, ausreden lassen und klar und sicher Danke zu ihr gesagt. Dann bist du in Lachen ausgebrochen. Ein hübsches, langes, weder zu leises noch zu lautes Lachen. Ein Lachen, nahezu sympathisch. Allerdings nur insofern, als es sympathisch ist, wenn Leute aus Erleichterung lachen.«

Er war zurück in dem Zimmer in Rantum. Auf der Fensterbank lagen einige grotesk geformte Schwemmwurzeln. Hinter dem Glas Sand, gebüscheltes Gras, ein Stück des Hindenburgdamms, das man nur erkannte, wenn man wusste, was es sein sollte. Mit einem Glas Apfelsaft saßen sie einander auf dem Boden gegenüber. Abbie trank und streckte die Beine zu ihm. Er sah ihr Gesicht vor sich, die große Nase, die Stirn ohne den Wirbel im Haaransatz, die hellen, leichten Locken, die ihre Züge umrahmten. Sie erzählte, er ließ sie ausreden, er wartete, und als nichts mehr kam, sagte er Adieu, Ciao, Good-bye und begann zu lachen. Er war so wütend. Es überraschte ihn. Sie sah ihn nur an, nicht vorwurfsvoll, nicht einmal forschend, eher leer, wobei ihr Gesicht so offen und verletzlich wirkte, als werde durch seine Reaktion etwas in ihr ab- oder ausgeräumt, und die Veränderung löschte für einige Sekunden allen besonderen Ausdruck.

Sie fragte sogar noch einmal nach.

»Du?«

Als gäbe sie ihm eine zweite Chance.

Danke und tschüss. Er erinnerte sich nur zu genau. Er hatte es wiederholt. Und Abbie und das Kind in ihr aus dem Zimmer geschoben. Sie war doch versorgt.

Praktischer Tex! Idiotischer Tex.

Er war wütend gewesen – und verwirrt.

Da hatte er sie verlacht. Weil auch das ein Gesicht der Liebe war, wenn man sie nicht zugab?

Maude kam mit zwei schnellen Schritten auf ihn zu: *You'll hear me out!*

Zuhören, gefälligst.

Sie habe ihm dies heute ohne jede Notwendigkeit erzählt. Gegen Tex' ausdrücklichen Wunsch. Nun lagen alle Karten auf dem Tisch. Auch, dass Silas nicht alles aus dem Leben seines Vaters wusste. Und nicht alles wissen musste.

Mit einem Mal wirkte sie angespannt. Die Haare verwuschelt, Silberfäden im Braun.

»Hast du dich bei ihm entschuldigt? Oder bei mir? Beweg dich endlich, du … du Teelöffel!«

Sie drehte den Kopf weg.

In seinem Kopf drehte sich nur eines: der Satz »Eine Liebe, zwei Zeiten«. Er hatte sich in »Zwei Lieben, eine Zeit« verwandelt, wandelte sich nun wieder zurück. Gab es das nicht als Form in der Musik? Diese Art Tausch? Er kam nicht auf den Namen. Aber Maude wollte die Männer nicht tauschen. Sie wollte sie addieren.

Pfoten tapsten die Kellertreppe herunter, eine Schnauze schob die Küchentür auf, eine Schnauze drückte sich in seine Hand,

Sampo tänzelte ihm fiepend um die Beine. Das Tier war so glücklich, fast wollte das ansteckend sein.

Maude und »ihre Männer«.

Charles streichelte Sampos Kopf. Langhaarig, weich und hundewarm. Er konnte besser denken so. Konnte selbst ruhiger sein.

Er zog sich voran. Der Nachmittag wollte nicht enden. »Die Weite der Salzwelt«, sagte etwas in seinem Kopf. Etwas anderes kicherte. Bereits *an* einem Meer war es laut, lauter war es nur *darin*. Das Tuckern des Motors, das Strudeln der Luft, das Brechen und Klatschen der Wellen. Jeder Knochen vibrierte, bog sich, wurde wabbelig. Der Kopf blubberte, Charles' Sehnen sangen, oder waren es die Fische, es musste welche geben, nur das Auge sah nichts. Ehe man alles verloren hatte, war einem nicht klar, was man besaß. Wie trivial.

Und wenn man es fühlte, was war es dann?

Die Organe in seiner Brust schienen zu einem dunklen, zähen Block verschmolzen, er zerrte mit jeder Bewegung daran.

Eine Art Salzreif hatte sich an seinen Lidern gebildet, die Augen schrumpften von Minute zu Minute, und die Fettcreme in den Ohren wirkte wie Wachs. Nun, nach zwölf Stunden im Wasser – er rechnete nach und brauchte lange dafür und war sich des Ergebnisses dann nicht einmal sicher –, nun öffneten sie sich wieder, und er hörte sich schwimmen. Jede seiner Fasern streckte sich, und die Tiefe war etwas, was nicht mehr an ihm zog, sondern hinaufreichte zu ihm. Sie trug ihn, sie berührte ihn. Er strampelte in ihr umher.

Da wusste er, dass der dritte, gewagteste Teil des Versuchs begonnen hatte. Es war jener Teil, in dem man sich selbst durchschwamm.

Hazel, stolze zehn Jahre alt, auf dem Rücken eines Esels, ihr Gesicht auf der Höhe des seinen, zeigte sie ihm: »Da!«

Über den Wipfeln.

Oliven, Platanen sowie Bäume mit dicken sattgrünen Blättern, deren Namen er nicht kannte, säumten den Fußweg, unterbrochen von dornigem Gestrüpp, aus dem wilder Kümmel und kleine weißgesichtige Rosen ragten. Getaucht in Blattschattenlicht, führte der Weg auf halber Hügelhöhe nach Norden. Im Tal floss das Bächlein, an seine Ufer schmiegten sich Felder und Haine von Walnussbäumen. In dem Dorf, das hinter der nächsten Windung des Weges erschien, leuchteten die ersten in den Wohnungen entzündeten Lampen wie Versprechen durch die dunklen Bäume des Hangs. Charles musste kräftig ausschreiten, der Esel, der seine Tochter trug, eilte nach Hause.

»Da, schau!«

Es war eine Wolke.

Die rückwärtsflog.

»Ohne mich siehst du auch gar nichts!«, sagte Hazel.

Zu Hause, in Levain, erklärte Tex, dass das Rückwärtsziehen einer einzelnen Wolke zu den seltenen, obgleich bekannten Wetterphänomenen der Gegend zähle. Vor den Cevennen entstanden bei bestimmten Inversionswetterlagen starke, dünne Jets, die, kam Seewind hinzu, in einem eigenen luftigen Tunnel dahinschossen und darin vor sich herjagten, worauf auch immer sie stießen. Raubvögel machten sich einen Spaß daraus, sich von diesen Strömen ein Stück weit fortreißen zu lassen, dann wieder auszuscheren, neben dem Lufttunnel mit dem entgegengesetzten Hauptwind von Neuem voranzufliegen, nur um im Jet ein zweites und drittes Mal zum Ausgangspunkt des Abenteuers zurückgeschleudert zu werden. Skifahren mit Windlift am horizontalen Hang, sagte Tex, lokaler Vogelsport.

Die Seidenraupen waren von einem Parasiten dahingerafft worden. Tex sagte, er habe ohnehin genug von ihrem fremden Gewusel gehabt und daher auf etwas umgesattelt, das man wenigstens anfassen durfte. Er reparierte die Mechanik von Blasinstrumenten und alten Uhren. Zum ersten Mal gab es etwas, worin Charles sich mit dem Vater des verlorenen Freundes verstand. Unerwartet fiel ihm bei einem Uhrengespräch sogar das deutsche Wort für den Antriebsmechanismus der Zeitanzeiger ein: Unruhe. Tatsächlich pulste unter Tex' Händen jedes Werkchen wie ein Herz.

Charles brachte Hazel zu Bett. Als er zu dem Gastgeber und Maude ins Wohnzimmer trat, prasselte ein armdickes Scheit in dem nach englischer Tradition offenen Kamin. Er fragte sich, wie Silas inzwischen aussehen mochte, aber Tex zählte nicht zu der Sorte Mensch, die Fotos auf den Sims stellt. Es war ein wenig peinlich gewesen, nach all den Jahren hier so hereinzuschneien. Montezumas Rache hatte Hazel auf dem Rückweg aus den Ferien in Spanien derart heftig überfallen, dass das Mädchen jeden weiteren Transport verweigerte. Im Wagen erfuhr Charles, dass seine Frau mit Tex in Kontakt geblieben war beziehungsweise dass Tex die Verbindung mit Abbies Schwester nicht hatte abreißen lassen. Er hatte zugestimmt, in dem halbwegs auf der Strecke liegenden Levain eine Pause einzulegen, bis Hazel sich besser fühlte, und Tex hatte sich als so begeisterter Wirt erwiesen, dass es ihnen nachgerade unmöglich vorkam, wieder abzufahren. An diesem Abend allerdings wirkte der Mann einsilbig, und bald entschuldigte er sich: Der älteste Esel hier sei er, zumindest erschöpft wie einer, man möge verzeihen, er müsse zu Bett. Maude, deren Haare und Wangen glänzten, blickte stumm in die Flammen und drehte einen Stift zwischen den Fingern.

Als das Ehepaar eine Stunde später verschwitzt zwischen den Laken des alten Himmelbettes lag, das Tex ihnen zugedacht hatte, flackerten noch immer Reste des Sonnenunterganges zwischen den Ästen der Kastanie. Der Hund, Sampos Vorgänger, suchte nach seiner abendlichen fliegenden Nachspeise, er stupste Charles an, und sie lachten über das Tier, das sein Herrchen für alles in der Welt, inklusive Fliegenlieferung, für zuständig hielt.

Maude sagte, ja, sie denke bisweilen an Silas. Auch zu Hause. Mit Tex hab sie über seinen Sohn gesprochen, bevor Charles zu ihnen getreten sei. Sie glaube, Silas gehe es nicht schlecht, sagte sie mit einem scheuen Lächeln. Mehr als bei Silas sei sie dieser Tage in Gedanken bei ihrer Schwester. Ob Hazel nicht Abbie ähnlich sehe, wollte Maude mit einem zweiten Lächeln wissen, an das Charles später noch manches Mal denken sollte, wenn er selbst auf seine Tochter blickte und Spuren der Verlorenen in ihrem Gesicht suchte, ängstlich, und zu seiner Erleichterung immer nur Maude in ihr fand.

Tex stand bereits am Herd, als Charles am nächsten Morgen knapp nach Sonnenaufgang in die Küche kam.

Oh, it's you.

»Enttäuscht?«

»Im Gegenteil, Charles. Im Gegenteil.«

Wie um das Gesagte zu unterstreichen, drehte Tex, der in lockerem T-Shirt, gewürfelten Shorts, barfuß und gebräunt unverschämt hausherrlich aussah, das Gas unter der Pfanne hoch. Es war eine der echten gusseisernen, wie Charles sie schon lange kaufen wollte. Tex gab zwei zusätzliche Eier zu der bereits angesetzten Portion, vier Scheiben Speck. Sie kamen auf Hazel zu sprechen, die Schule, Maudes Musik. Kein Geschwisterkind für das Mädchen? Das schließlich auch keine Cousinen oder Cousins habe, nicht wahr? Ob Hazel nicht ein wenig einsam sei?

Nein, sie fühle sich wohl in Deutschland, Freundinnen zuhauf.

Charles redete dahin. Die Nacht mit Maude war … elektrischer als sonst gewesen, innig, tief. Sie hatte es *the unfamiliar bed* genannt, gern war er ihr gefolgt, er hatte gespürt, wie sie ihn suchte oder etwas anderes in ihm suchte als sonst, und versucht, ihr zu antworten, bis er sie wirklich hielt, von innen und außen zugleich.

Als er nun bei Tex daran dachte, vermischten sich der Ausflug mit Hazel und die Nacht, und für Augenblicke, er musste erschöpft sein, kam es ihm vor, als sehe er seine Familie und sich von außen. Da schwammen sie in ihrem gemeinsamen Leben. Es fühlte sich angenehm an, eine Blase voll nachmittäglichen Sonnenscheins und voller Bewegung, das Kind, das gerade noch Kind war und nach Kindheit roch, seine Wärme, seine Vertrautheit, neben ihm unterwegs. Der Fluss dann, seine Lichter und dass sie zu Maude zurückgingen, die sie erwartete. Sah man Glück immer nur im Nachhinein? Es musste wohl Ausnahmen geben. Mitunter war es aufgeblitzt, während sie darin lebten; da wunderte Charles, wie ihre Dreisamkeit blühte. Maude war mit nach Deutschland gegangen, sie gab Musik- und Englischunterricht, nannte sich Digitalpionierin, war stolz darauf. Hazel wurde so deutsch wie englisch, sie erzählte Geschichten, und gegen Nachmittage ohne Spielkameraden wurde Sampo der Erste angeschafft. Kam Charles nach Hause, stürmte das Tier herbei, Hazel steckte in ihrem Zimmer in der ersten Etage, oder er hörte sie mit Freundinnen aus dem Garten schreien, Maude spielte Klavier, telefonierte mit der Schule, dem Klempner oder Freunden »zu Hause«, was »auf Englisch« hieß. Das Millennium verstrich, in London wurde gebaut und gebaut, die Stadt erschien ihnen zunehmend fremd, sie beschlossen, öfter hinzufahren, kamen aber nicht dazu. In der Küche standen die ungespülten Becher des Tages (und Vortages, falls Charles sie nicht weggeräumt hatte), das schmutzige Geschirr. Manchmal sangen Maude und Hazel für ihn, wenn er abwusch oder für sie Mülleimer spielte (klassische männliche Heldenrolle am Esstisch dies- und jenseits des Kanals). Hazel war eineinhalb, als er mit ihr bei einer Nachtfütterung die Treppe hinabfiel. Es tat übel weh, blaue Flecken, Hüftprellung, er hingegen war höchst zufrieden: Statt sich abzustützen, hatte er das Kind in die Höhe gehalten. Seine Instinkte schienen in Ordnung. Seither traute er sich als Vater über den Weg. Singen durfte er nur in der Dusche, unter Wasser, und noch da klopften Frau und Kind an die Tür und rannten schreiend davon.

Manchmal sah er Abigail in einem Gedanken- oder Erinnerungsbild. Er sah, wie es gewesen wäre, hätte sie gelebt, und er vermisste sie als einen ihnen allen dreien nahestehenden Menschen. Die Trauer um sie war etwas Abstraktes geworden, nur selten, vielleicht einmal im Jahr, in einem Traum fehlte sie ihm wirklich, es war dann, als bewegte er sich für Momente auf der Rückseite eines anderen Lebens, in einer weichen und fast auseinanderfallenden Weite. Es gehörte vielleicht dazu, auch dorthin zu blicken, wenn er darüber nachdachte, was alles er besaß, und da in der Küche bei Tex wollte er sich nichts anderes wünschen von seinem Leben, als dass es ebenso weiterging, wie es war. Maudes Elektrizität, ihr Körper, ihre Musik, die er von dem ersten Blick an gehört hat, oder fast, wenigstens seit der ersten Woche auf Sylt, durchströmte ihn.

Abbies Tod hatte Charles und Maude auf eine andere, nicht weniger heftige oder bedeutsame Art miteinander vereint. Sie teilten das Gedächtnis, und sie hatten nach Maudes Besuch in Oxford einen Weg gefunden, sich gegenseitig zu unterstützen. Charles gehörte fraglos zur Familie, anders, als Silas das je gekonnt oder gewollt hätte. Maudes relative Kühle, die aufbrach, wenn sie Klavier spielte, zog ihn weiterhin an. Seine Frau mochte bisweilen schwierig sein. Vergraben in alte Noten, jeden Tag für Stunden in eine Welt aus Tönen gestellt, die sie nicht mit ihm teilte. Und dann wieder, umwerbend, fordernd, nicht nachlassend, erreichte er körperlich mit ihr zusammen eine Nähe, in der allein instinktive Bewegungen und Rhythmen galten, in der es kein Innen und Außen mehr gab. Dort hielt auch Maude nichts zurück.

Tex knuffte ihn in die Schulter, »Sag mal, schläfst du im Stehen«, und dirigierte ihn an den Esstisch: »Da bist du wenigstens aus dem Weg.«

Er setzte sich gern. Es war schön, Kaffee serviert zu bekommen, Speckduft zu atmen und, wozu hatte er schließlich noch immer Ferien, nichts mehr zu denken.

Die Gasflammen leckten bis zum Pfannenrand. Musste eine Art Turbobraten sein, ein französischer Kniff, den wollte er sich merken. Über der Regionalzeitung, die auf dem Tisch lag, stoppelte er sein Schulfranzösisch zusammen. Er wusste später nicht, warum er ein paar Minuten später just in diesem Augenblick den Kopf hob. Tex, auf den nackten Sohlen unhörbar neben ihn getreten, holte mit der Pfanne aus wie zu einem Kraulzug. Von weit oben, mit mächtigem Tempo sauste das Eisen, ein glühender, flacher Hut mit messerscharfem, ebenfalls glühendem Rand, auf Charles zu. Eier und Speck flogen durch die Luft, die Pfanne zischte an Charles vorbei, der sich duckte, aber ihre Hitze an seinem Hals und rechten Arm brennen fühlte. Ein Knall auf der Tischplatte, spritzendes Fett.

Tex fluchte, Charles glaubte, ein »gerutscht …«, »'tschuldigung« zu hören. Heißes Öl tropfte auf den Boden, ein Teil der Eier und des Specks lagen unten, ein anderer war auf den Tisch geschleudert worden.

»Schlechte Gewohnheit«, murmelte Tex, wobei er die Pfanne anhob, umdrehte und inspizierte. Der Tischrand hatte eine kräftige Kerbe.

Das verdammte Alleinleben, sagte Tex, er serviere immer so.

Und warf mit einem Blick auf Charles und einem Lachen, das

Charles in den Ohren klang, das schwere, heiße Gerät von dort, wo er stand, in das drei Meter entfernte Becken.

Er traf. Das Wasser in der Spüle zischte, und eine Fahne Dampf stieg auf.

Erst später im Bad sah Charles die angesengte Stelle neben seiner Schläfe. Es hatte nach abgebrannten Haaren gerochen, nach verbrannter Haut. Die Blase, die sich bildete, spürte er schon beim Aufräumen am Tisch, wollte nur kein Aufheben darum machen. Die Pfanne war an seinem Kopf vorbeigeratscht.

Er war in letzter Sekunde zur Seite gezuckt.

Maude stand im Nachthemd am Küchentisch, als sie es ihr erklärten. Wie tollpatschig auch von Charles, mit dem Schädel sozusagen der Pfanne noch entgegenzukommen! Eben, als Tex das zufrieden in seinem heißen Fett brutzelnde Frühstück austeilen wollte. Sodass er ihn fast getroffen hätte.

Schlaftrunkener Charley!

Gemeinsam lachten sie es weg.

Tex, der den Kopf aus der Schlinge zog.

Noch am selben Nachmittag fuhren sie ab. Es ging leicht, jeder schien einverstanden.

... very tired. Your legs are sinking.

...

Your legs are going down.

Brendan, verrauscht.

Ha?

You've got to swim.

You've got to go faster.

...

That waaaay? Er klang wie eine Krähe mit Husten. Das musste er zugeben. Ziemlich krächzend. Geradezu scheppernd.

If you go on like this it will be twenty-three hours.

–

I'm telling you the truth.

Ha?

The truth!

Die Restkraft in seinen Armen und der Drehmoment der Wellen arbeiteten für Sekunden zusammen statt gegeneinander. Um ihn herum entstand ein leeres Gebiet, durch das ein paar Reste eines von Anstrengung übersüßten Gehirns schwebten, heiter summend. Wenn er weiterhin so langsam schwamm, würde er dreiundzwanzig Stunden für die Durchquerung brauchen. *The truth?* Er spürte nichts mehr. Alles war angenehm. Solange die Wahrheit in den Händen seines magischen Piloten lag, brauchte er sich nicht mit ihr herumzuschlagen.

Im Wasser trieben Rümpfe und Seelen.

Sie hatten die französische Fahrrinne so gut wie passiert. Der Scheinwerfer der *Henry* flackerte auf; das Wasser vor dem Bug verwandelte sich, als wäre es verlässlich und gehorsam, in eine zusammenhängende Masse von grünlichem Weiß. Frühabendliche, warmgelbe Sonnenstrahlen rannten vor dem Wetter, von dem Brendan eben gesprochen haben wollte – an einem Tag wie diesem? –, davon und gleichwohl nur in es hinein. Aufrecht dünnen Gespenstern gleich wehten die Schwaden herbei.

Es passierte, schon wieder, zu viel.

Aber er schwamm nun auch eine lange Zeit.

Das Wetter suchte die See zu vernichten. Es schluckte sie. Während der Kanal sich verbarg, indem er mithilfe von weißem Dunst Himmel spielte, dessen halb transparente, wässrige Bäusche und Schleier in Sekundenschnelle mit dem salzigeren Element verschmolzen, begann das südliche Firmament sich kräftig zu wölben. Über einer fetten Schicht Ölflaschen-Moosmoder-Graswurzelgrün schwebte giftiges Kristallgelb. Rund um Charles senkten sich weitere, dichtweiße Schwaden mit einer Art lächelnder Heiterkeit über die Kämme des Kanals. Wie kupiert eilten die Wellen unter den neuen bauschigen Schleiern dahin, Charles vermeinte hie und da ein leises Keuchen zu hören, als verfolgten die Verfolger sich nun selbst.

Der Mensch, der zwischen Wellen und Schwaden schwimmen sollte, sog an seinem Fütterungsschleim und wünschte sich, dass mit dem angekündigten Nebel alles aufhören möge. Wenn die Welt sich in milchige Feuchtigkeit auflöste, konnten Schmerz und Pein nicht bitte schön einfach mittun? Halb leer? Halb voll? Genug. Charles würde zur *Henry* paddeln, das Schiff berühren, es wäre vorbei.

Ah, sagte sein Querungsmeister, *it's this.*

Sie hatten im Pub darüber gesprochen, wie jeder durch seine Krisen kraulen, sich wieder fangen müsse.

Sich oder einen anderen, dachte Charles.

Das dachte sich inzwischen leicht. Gott saß, zusammen mit Jesus, in seinen Achselhöhlen. Dort stach er zu. Meister Brendan, der gloriose Paradiessucher, der seine Männer auf dem Buckel eines Wals hatte campieren lassen, während er selbst sicher auf dem Schiff hocken blieb, hockte auf Charles' Atlaswirbel, wo er enthusiastisch rotierte und jede Muskel- und Nervenfaser in Charles' Rücken geißelte. Brendan, der Pilot, versuchte, seinem durchaus gequetschten Kunden etwas zu den zuckerwattigen Fäden zu erklären, die sich in die Wassertäler schmiegten. Das Schwimmerchen winkte ab.

Queren in Finsternis hatte er geübt. Richtung halten bei Nebel nicht. Er wäre nicht der Erste, den der Ärmel ohne Aufheben verschluckte.

In erstaunlich geringem Abstand zog eine Personenfähre heran.

Die französische Küste musste nah sein, wirklich nun – und nah. Selbst die Fähre fuhr langsam, Charles hörte eine Durchsage vom Deck, konnte jedes Fenster sehen. Menschen, die von den Schiffsetagen nach draußen blickten, vermochten einen Schwimmer in der Nebelsuppe nicht zu entdecken. Er war unsichtbar geworden, ein Gespenst.

Das Gespenst kraulte in Milch und sah die Reisenden sitzen in ihrem hellen, warmen Haus.

Mit erstaunlicher Geschwindigkeit zog es unter den ersten Sternen dahin.

Es gab ihm Kraft, sich selbst außerhalb und versteckt zu wissen und zugleich das große Zuhause, leuchtend, eckig und warm, über das schwebende Wasser fahren zu sehen. Rettete man, wenn man sich rettete, auch jene um sich herum? Folgsam tauchte Wassermann C mit dem Oberkörper unter, hob den Hintern an und zappelte an des Schiffsführers Hand. Brendan klemmte ihm ein Paar Leuchtstäbe an die Badehose.

Neongrün diesmal.

You're fighting!, sagte der Pilot. Das schätzten sie. Also gäben sie ihm eine Chance. Das Nebelfeld müsse klein sein, sonst hätte der Steuermann der Fähre sie gewarnt.

Er dürfe weiter! *Go on.*

Sie stand am Steuer, Cedric überwachte sie, aber ließ sie machen, so konnte einmal er der Lehrer sein (sie gönnte es ihm). Stimmen vom Deck der *Spirit of Britain* drangen zu ihnen herüber. Schneller noch, als die Stimmen vergingen, verschwand das gesamte Schiff in der Nebelsuppe. Ein unverhofftes Gefühl von Übereinstimmung, ja Angemessenheit ergriff Matilda, als sie nichts mehr außer den Instrumenten im Inneren der Kajüte sah. Es war, als kehrte die Erde mit diesem Wetter zu einer ursprünglicheren Gestalt zurück. Allein mit sich selbst unterhielt sie sich, wie einst, als kein Warmblüter sie störte, nur Pflanzen wuchsen, Insekten schwirrten und die Sonne über alles ging. Nichts war böse oder gut; Wind, Wolke, Orkan – Geschehen, namenlos, für lang und immer wieder, für ewig. Es war zum Untergehen schön. Mit dem Hecklicht der *Spirit* verschwand die letzte Begrenzung.

Nur kurz und ein wenig ängstlich blickte Matilda nach links. Das Fischlein! Es leuchtete und trat.

Die Wellen triumphierten, es war, als wollten sie jeden Augenblick zu marschieren beginnen. Spürten sie, wie allein Charles dank des Nebels war? Verlöschendes Grün-Achat. Grau. Er nahm das Wasser an den Rändern seiner Arme wahr, was seltsam schien, weil sie nicht mit den Rändern übereinstimmten, die er sah. Für Sekunden (?), Minuten (?) beobachtete er sich von außen. Fast vergaß er zu schwimmen. In Wassermilch, oder sollte er Himmelsmilch sagen, die Wörter machten keinen Unterschied mehr, mochte noch die eigene Bewegung Erfindung sein.

Das dichte Wetter verschlang Charles' Hand am Ende von Charles' gestrecktem Arm. Seine Brustzüge, die er nur wieder aufnahm, weil er die Beine entlasten musste, begannen hinter den Händen. Die Hände fühlte er nicht mehr. Das Denken begann vor der Stirn.

Hab Angst!

Hab keine Angst!

Hab bloß keine Angst vor der Angst.

Er hatte gar nichts. Er war die Ruhe selbst. Und er wusste, warum. Darüber lachte er. Es war ein Lachen ohne Luft. Nur die Erschöpftesten brachten es zustande; das hörte er noch, hörte es übergenau. Schwimmen im Nebel ohne Angst.

Er hatte zu sicher gelebt. Sicherheit hing ihm zum Hals heraus.

Doch erst seit sie zerbrochen war. Er lachte. Was war das ehrlich! Was für ein Manöver. Er schwamm vor der eigenen Sehnsucht davon und schwamm doch nur immer tiefer in sie hinein. Die Dunkelheit der sich nähernden Sommernacht würde er dafür nicht brauchen. Er war schon jetzt, im Nebel, für sich. Fort alle anderen, fort die Bühne seines Versuchs. Zumindest die mit Menschen geteilte. Das Meer war ja noch da. Es hing wie eine hechelnde Hundezunge aus seinen eigenen Wellen heraus. Das gefiel ihm, darin glichen sie sich.

Bilder trieben auf hinter seiner Stirn, King's Cross, hoch, weiß, ohne Züge, pure Architektur, ein Jugendlicher in Hose und T-Shirt, ein alter, hochgewachsener Mann neben ihm. Zaubermantel, langer Bart.

»Professor, findet dies alles nur in meinem Kopf statt?«

»Selbstverständlich findet es in deinem Kopf statt, Harry. Aber warum sollte das heißen, dass es nicht wirklich ist?«

Er hatte den letzten der *Potter*-Filme mit Hazel gesehen. Der Zauberjunge, soeben von Lord Voldemort getötet, rappelte sich neben einer Wartebank vom Boden auf, scharfsichtig ohne Brille. Der Obermeister der Zauberei, Schuldirektor Dumbledore, tot seit einem Jahr, entspannter Gesichtsausdruck, unterhielt sich mit ihm über Ankünfte, Abfahrten und Entscheidungen. Ein Würmchen von einem Mensch, weder Embryo noch Erwachsener, krümmte sich unter der Bank.

Charles, Erwachsener und, was die noch warmen Teile seines Körpers anging, beatmeter Wurm, atmete die Feuchtigkeit, in der er nun auch außerhalb des Wassers schwebte. Fern von allen Scheinwerfern, ausschließlich für ihn zeigte sich für Augenblicke ein Rest Blau auf einer Welle, zwei Flügeln gleich. Silas' Augenveilchenblau. Er griff danach, schloss die Finger darum, drückte zu.

Was Maude ihm in der Küche anvertraut hatte, kam zu ihm zurück. »Ich habe dir alles gesagt. Und wenn du endlich ahnst, warum …«

Maude hatte ihm keine Pistole auf die Brust gesetzt. Oh nein, nur die Liebe und die Erinnerung, und ihm gesagt, dass die Tür noch offen stehe, aber nicht mehr lange. Er musste sich entscheiden.

Sie hatte versucht, seine Gefühle Silas gegenüber umzukehren. Er, Charles, war wütend auf den Kerl. Sie, Maude, wollte, dass sie sich zu dritt verstanden. Er, Charles, erlebte sich als Silas unterlegen: Der hatte ihm die Frau zurückausgespannt. So sah es aus. So fühlte es sich den größten Teil der Zeit auch an. Und sie wollte ihm nun Kraft geben, deswegen hatte sie ihm gezeigt, wo Silas verletzlich war. Sein Vater hatte ihm nicht die ganze Wahrheit erzählt! Er, Charles, könnte Silas den Rest verraten. Vielleicht nichts Dramatisches mehr nach all den Jahren, doch ein feiner, schmerzlicher Unterschied. Tatsächlich kam es Maude darauf nicht an. Er sah es nun in aller Deutlichkeit. Es war gleichgültig, ob er am Ende Tex' Geheimnis weitergab oder nicht. Maude zielte aufs Jetzt – sie versuchte, einen haarfeinen Tunnel zu bohren in Charles' höchst eigenem Innenleben. Ah, das war die Bedeutung von »lange kennen«. Von »eng verbunden sein«. Dass man das konnte. Und versuchte. Und versuchen wollte.

Und auf der anderen Seite zuließ.

Denn sie hatte ihn berührt. Weder der Ärger auf Silas noch das Gefühl, ihn loswerden zu wollen, waren verschwunden. Aber der andere, alte Silas war wiederaufgetaucht in Charles' innerer Welt: der Freund. Es tat ihm nicht leid, den Brief geschrieben zu haben, Liebe gegen Freundestreue, das ließ sich nicht aufrechnen, darauf beharrte er. Charles hatte damals Silas die Freundschaft gekündigt, wenigstens die Loyalität. Er hatte sich hart gegenüber dem alten Gefährten gemacht, um es zu tun.

Und da zeigte Maude ihm, wo Silas verletzlich war. Er sah es nicht nur, er spürte es. Und wurde weich.

Weil Maude ihm gesagt hatte, was Silas nicht wusste.

Wo Silas so etwas wie unschuldig war. Unschuldig in dem Sinne, wie man es mitunter von Kindern sagt.

Silas, der von ihnen vier immer am wenigsten verstanden hatte, was gespielt wurde.

Abbie und Maude, Silas und Charles.

Zwei Schwestern und zwei Brüder, fast. Etwas von der alten wortlosen Nähe zu dem Jugendfreund kehrte wieder. Und mit ihr etwas von dem alten Vierergefühl.

Er war langsam damit, es sich zurechtzulegen. Schließlich trat er in eisigem Wasser. Langsam war er mit Dingen dieser Art vielleicht immer. Jetzt bemerkte er es. Es ging nicht um Silas, sondern um sie zu dritt-viert.

Zu dritt und zu viert, sagte er sich vor. »Dritt«, Schlag links, »viert«, Schlag rechts.

Seine Frau kannte ihn nicht nur, sie wollte ihn wirklich zurück. Nicht wie früher, nun gut, aber sie stieß ihn nicht fort. Wie leicht er wurde, als er dies dachte. Maude komponierte eine Melodie aus drei lebenden Instrumenten und einem vierten, auf dem der Wind spielte. Sie dachte über die Grenzen zwischen Personen auf andere Weise nach als früher, und sie hatte ihm davon erzählt. Instrumente klangen zusammen, einzeln gespielt, aufeinander bezogen. Das hörte ein jeder. Aber die wenigsten wussten, wie der Klang eigentlich zustande kam. Es geschah in den Pausen. Dort, wo man nichts hörte. Sogenannte Pausen waren nicht leer, sondern übervoll, und darin, in dieser dem Ohr entzogenen, nicht mehr zu kontrollierenden Schwingungsfülle, bildete sich die eigentliche Musik.

»Sei nicht so spießig«, hatte sie gesagt, »so ehespießig kannst du doch gar nicht sein.«

Und der Brief am Kühlschrank? Wie Schuppen fiel es ihm von den Augen. Nicht seiner Abbie-Lüge wegen hatte er dort gehangen. Maude hatte ihn an etwas anderes erinnern wollen: den Schluss. *Wenn Du mich brauchst, Maude: Ich bin für Dich da. Und werde es sein, was auch geschieht.*

Wasserberge, halb enthüllt, halb verborgen, drängten voran. Dass Wellen in Nebel wuchsen, war eine Überraschung. Die dickfeuchte Luft schien sie anzuziehen und in die Höhe zu zwingen. Dass Charles die *Henry* nicht sah, war logisch. Mit Schrecken bemerkte er, dass er sie auch nicht mehr hörte.

Kam sie nun doch, die Angst? War er wieder so lebendig geworden? Wenn er, der Mensch, sich Rahmen vorstellte und sie hineinmalte in das Weiß vor sich, bildete der Nebel eine eckige Welt. Kasten um Kasten konnte er ineinanderstaffeln. Dann hing alles wieder aneinander, wenn auch nur in seinem Menschenkopf. Im Übrigen pochte sein Herz, und etwas wie Aufregung schoss durch seine Adern. Er verbesserte die Kästchenbildung.

So blieb das Wetter nicht völlig ohne Form.

Noch immer stieß sich Adrenalin schubweise, es war allenfalls noch in Kleinstportionen aufzubringen, durch seine starren Adern voran. Ohne die *Henry* war er verloren. Dafür fühlte er sich erstaunlich ruhig. Es war, als ginge ihn dies alles nur noch auf abstrakte Weise an.

Wenn sie ihn nicht wiederfanden, hier in der Salzsuppe, konnte er die Durchquerung abschreiben. Selbst wenn er es allein bis zum Strand schaffte.

Was zu bezweifeln war.

Zu wirklichem Erschrecken, für Panik, brauchte man Kraft.

Sein Schrecken kam und ging in Sekundenschüben. Er erlebte ihn und beobachtete sich dabei selbst. Die Erschöpfung spaltete ihn in zwei. Wie konnte sein, dass all dies ihm widerfuhr? Seine Knochen klapperten. Dabei zitterte er längst nicht mehr.

Die Freude über die Gedanken von eben trug ihn ein Stück. Auch sie war Form. Maude hatte nachgedacht und dann diese Lösung entdeckt: Sie hatte an seine Weichheit appelliert.

Vielleich auch nur an seine Sentimentalität.

Bar aller Koordinaten, trat ihm ein scharfes, grandioses Bild seiner Lage vor Augen: Sein Kopf ragte in die Weite der Nebelwüste, die ihrerseits auf der noch viel größeren, gewölbten Weite des Meeres trieb.

Auf der Kugel spiegelte sich das Fahrtlicht der *Henry V.* So das optimistische Bild.

Das weniger optimistische: Die Kopfkugel glitt einsam und verlassen über den schieferfarbenen, nebligen Meertisch davon. Klein wie das Legoköpfchen aus der Spielzeugsammlung eines Nixenkindes.

Niemand würde es je wiederfinden.

Pink! Gelb! Pink!

Drei Meter über dem Wasser. Er sah es genau. Allmählich schob sich etwas Festes, Weißes darunter hervor. Charles winkte euphorisch. Euphorisch lächelte er den Rumpf der *Henry* an.

Pink-Gelb hinter dem Glas in der Steuerkajüte lächelte zurück.

Brendan hing am Heck steuerbords über die Reling, Cedric backbords. Sie suchten noch. Dabei hatten sie ihn gefunden. Oder er sie. Nun, dachte Charles, da dies gelungen war, würde er, wohltuend töricht, bitte schön, dazu in der Lage sein, sich ohne Pein und Schmerz auch durch den Rest des Kanals zu ziehen!

Die *Henry* drehte bei. Brendan wollte ein neues Paar Leuchtstäbe anbringen. Die grünen waren ein Reinfall. Hielten sich schön waagrecht, aber brannten matt.

Wie es. *Das* Charles. Hose, Brille, eisgekühltes Fleisch.

Der Schiffsführer blickte ihn mit einer Schärfe an, die ihm ins Herz drang.

What's up?

Das Herz flatterte. Orangefarbene Stäbe jetzt, wie die ersten.

Unvermittelt freute ihn das. Unvermittelt war seine Lebenssituation so klar wie die von einem Wischen der Hand geklärte Luft.

Er war frei. Er konnte sich entscheiden. Der Kanal hatte ihn in einen Zustand gezogen, in dem sich von allem, was ihm begegnete, die Schicht löste, die ihn bislang am Verstehen gehindert hatte. Es war, als breche eine Dimension über ihn her. Sie packte ihn. Was er meinte-kannte-fühlte (bis soeben hatte er nichts gekannt), senkte sich über ihn und umschloss ihn von allen Seiten. Ihm war, als treibe er in einem Löwenmaul. Es war schwarz, wenngleich nicht zur Gänze, ein Löwenmaul mit dichten weißen Zähnen und Löwengeruch, halb geöffnet, und er spürte etwas um sich. Er sah keinen Tunnel, keinerlei Helligkeit streifte ihn. Er war nun das Wasser selbst. Die darin vorbeitreibende Milchtüte. Blickte er auf das Boot, war er das Boot. Er wurde die Tiefe. Sie war gefährlich, wenn auch nicht nur, und er kam ihr näher. Er schwamm in einem zunehmend dunkleren Saum. Der Saum wimmelte von Gesichtern und Stimmen. Er selbst war dieser Saum. Er, Charles.

Brendan hakte Daten ab. Charles, den Regelmäßigen, hatte er fest im Blick: 20.10 Uhr, Wind 220°, 16 kn, Wassertemperatur 17 Grad, Luft 19, Wellen 0,6 m, Druck 1023 hPa, Wolken links, Wolken rechts, Vorhersage: mehr Wind, Wellengang mindestens Stufe zwei. Ihr Mann schaffte inzwischen nur mehr fünfundsiebzig Meter Richtung Küste in einer Stunde, der Rest war Abdrift ostwärts. Er als Pilot sorgte vor, sorgte nach, postete, malte, steuerte, rettete, litt mit, freute sich über jeden Meter, wie immer, verfütterte die besten Ingwerkekse der englischen Insel, wie immer, blieb eine um die andere Nacht wach. Er hatte einen Magen wie ein Bär, im Übrigen die Ruhe weg. Nur eines hasste er an diesem Job. Da hatte der Kerl oder die Kerlin es so weit gebracht und glaubte sich mit allem Recht kurz vor dem Ziel, dabei war nichts mehr übrig von ihrem Schwimmen, nichts mehr als Strömung, und er musste sie herausholen. Jedes Mal brach es ihm das Herz.

»Wir steuern Südost, treiben nördlich ab. Wir müssen ehrlich sein«, sagte er zu Cedric, der neben ihn trat.

Der zweite, untere S-Bogen der Route sah viel zu groß aus. Seit geraumer Zeit.

»Ihm klarmachen, dass wir überhaupt nicht mehr vorankommen?«

Sie starrten nebeneinander ins Wasser. Oft genug waren sie zusammen auf Tour gefahren, um zu wissen, dass auch diese Reise nun zugelaufen war auf die entscheidende Frage: Hatte der Fisch Kraft genug, notfalls bis in den Morgen zu schwimmen?

Zwischen den Wellen wuchsen Knödel aus Dunkelheit. Die Schwärze, aus der sie sich ballten, trieb sowohl im Wasser als auch knapp darüber. Sie floss in Ästchen und Adern, die in dem Augenblick entstanden, in dem die Finsternis in sie eindrang. Auf dieselbe Weise wuchs ein Herz in fötalem Gewebe durch einströmendes Blut, das sich selbst seine zukünftigen Wege baute. Von unten breiteten die Aderbäumchen sich über die Wasserhügel, legten sich flach auf deren Häute und sprangen, wenn die Wölbung im höchsten Stand kippte, senkrecht nach oben davon. Mehr und mehr feine Gewebe aus Finsternis torkelten bojengleich auf dem Kanal. Sie umspülten Charles' Kopf bei jedem Atemzug.

Bald stiegen die tintigen Wassergespinste in die Luft, flossen aufeinander zu, vereinten sich. Als sickerndes Tuch gab sich nun auch von oben Dunkelheit dem Ärmel zu. Als spiegele sich, nach einem Tag der Spiegelung des Himmels im Meer, das Meer auf der Wölbung der Atmosphäre. Die Stunde zwischen acht und neun. Luft- und Wasserdämmerung wuchsen aufeinander zu. Hinter dem Geschehen säumte ein Rand aus Silber und Blei den Kanal.

Der Speichel in seinem Mund schmeckte nach Eisen. Vor der Nacht fürchtete er sich nicht. Dunkelschwimmen hatte er trainiert. Er versuchte, sich an diesen Sätzen festzuhalten: Trainiert. Fürchte dich nicht.

In seinen Ohren klingelten Wellen, links stärker als rechts. Das Stampfen des Motors, das er in den Beinen fühlte, war deutlicher als alle äußere Welt.

Brendan rief: *9 p. m. Feed!*

Ein Dämmern von unaussprechlicher Kühle und Wärme erfüllte die Welt.

Er war nun angenehm klein. Die Neonleuchtstäbe bewegten sich, einem Flügelpaar ähnlich, zwei Zentimeter oder vier unter der Oberfläche der spiegelnden See. Charles lag tiefer im Meer als all die Stunden zuvor. Seinen Grund bildete eine immerwährende, melodische Stille, so scheu und erfolgreich unter dem Taumeln der Fluten versteckt, dass die wenigsten auch nur von ihr ahnten. Noch das geringste Geräusch, noch der vorsichtigste Atemzug überspielte sie, dennoch war sie, mitunter sogar in geringer Tiefe, mit einem Mal da, unleugbar, rätselhaft, eine sich ausbreitende Wolke, weit entfernten, riesigen Stille-Kesseln entstiegen, die keiner je finden würde, der sie suchte.

Wie Abbie heute aussähe? Maude, mit zweiundsechzig, glich ihrer Mutter stärker als Maude mit zwanzig. Vielleicht wären auch die Schwestern einander ähnlicher geworden? Maude, dachte er, hatte nicht einfach Jugendsehnsucht, litt nicht an einem letzten Schub Wechseljahre und Empfindlichkeit, nicht an einem romantischen Traum. Dafür hätte sie nicht unbedingt Silas gebraucht. Maude hatte Abbie-Sehnsucht. Sie wünschte nicht, dass Charles für immer ging. Er sollte wissen und akzeptieren und bleiben. Sie hatte darauf gezielt, eine andere Art von Familie zu gründen, die Familie Zwei-Männer-um-Maude. Für eine Maude, die dadurch beides sein könnte, Abbie und Maude.

Das war, wie er jetzt verstand, das Angebot von Anfang an gewesen. Vor dem er davongerannt war.

Teelöffel Charles.

Was wünschte Maude, ohne es selbst zu begreifen, was sah sie, ohne es zu durchschauen, wohin kletterte sie in ihren Träumen? Die Meerkessel spielten Echos. Er kam in Maudes Träumen noch vor, dessen war er sich sicher, kletterte mit ihr Leitern hinunter, Leitern hinauf. *A bit crowded, our marriage*, hatte Diana, Princess of Wales, über ihren Charles und dessen Camilla mit britisch untertreibendem Augenaufschlag in die Kamera gesagt. Wie bei den Royals war es auch bei ihnen von Anfang an ziemlich voll gewesen. Nur auf wunderbarere Art: Bei ihnen musste die Drei als Schrumpfungszustand gelten.

Flöße, Selbstentzündungen, letzte Funken. Die letzte Abendstunde entpuppte sich als eine Zerstörung, die alles heil ließ. Was für eine Dramatikerin sie doch war, allemal auf dem Meer. Zufrieden erst mit einem dieser rundum strahlenden Untergänge des Zentralgestirns, das dieses aussehen ließ wie einen rot-orangen, rundum bestachelten Igel. Man sollte und wollte *schön* heulen: Wieder ein Tag vorbei! Charles war schlicht froh. Die achtzehnte Stunde, und er schwamm. Der längste Schwimmversuch seines Lebens. Der schrecklichste, der zum Heulen schönste. Filz- und eselsgraue Matten belagerten den Horizont. Der Kanal spiegelte

Rostrot auf allen Wölbungen; in den Mulden zwischen den Wellen herrschte bereits Dunkelheit, Täler waren es nicht, das Wasser floss ölig, flach.

Unberührt warf die *Henry*, ein eifrig stampfendes Maschinchen, ihre Lichter geradeaus. Wo das Wasser von dem elektrischen Schein getroffen wurde, erlosch seine Tiefe. Nur die Oberfläche blieb. Die Wellen neben Charles hingegen atmeten. Er zählte seine Schläge, sprach mit Maude. Das Firmament kreuzten orangefarbene Leuchtrochen; Finsternisarme trieben auf der See umeinander und suchten sich.

Er hatte sich beim letzten Feed neue Vaselinecreme in die Ohren gestrichen. Sie wirkte wie ein Pfropfen. Wenn Charles etwas hörte, war es der Wind, das Wasser, sein eigenes Rauschen, das Herz. Die kleine pochende Wurzel, die angefangen hatte zu pumpen, als er noch Kaulquappe war, ohne Gehirn, ohne Wirbelsäule, ein Haufen sich teilender Zellen.

Mit zehn hatte Charles sich eine Zeit lang den Wecker auf fünf Uhr morgens gestellt. *The dead of the night*, die Stunde, in der sogar die Nachtjäger unter den Tieren schlafen gingen. Während des Studiums war er um diese Zeit aufgestanden, um zu lernen. Er nannte es »die Mulde«. Etwas kam zur Ruhe, streckte sich, wurde sanft. Er erwartete, dass dieses Gefühl im Wasser im Fortgang der Nacht deutlicher würde als an Land. Nur leider wusste er nicht mehr genau, was Fortgang war.

Schwarzes Wasser, Mulden zwischen den Wellen, zäh und dunkel wie Öl. Doch insgesamt wollte der Kanal nicht wirklich dunkel werden; die einander nahen englischen und französischen Küsten leuchteten sich über den Wasserspalt hinweg an, die in alle Richtungen kreuzenden Schiffe leuchteten in alle Richtungen, der Himmel strahlte in schmutzigem Gelb.

Er schwamm.

Und schwamm.

Von Feed zu Feed.

Mitternacht kam.

Er nahm sich zehn Sekunden Extrazeit. Schokolade. Tee.

Er schwamm.

In unregelmäßigen Intervallen zog ein eindrucksvoll weites Sausen über die Meeresfläche wie von einem mächtigen Blasebalg, der sich bewegte, als ob einer im Schlaf milde aufseufzte. Ein Schläfer nicht von Tier- oder Menschenkleinheit. Es war wohl der Kanal selbst dieser Schläfer, gestört von dem auch nachts kaum nachlassenden grausamen Verkehr. Charles lauschte, seine Arme führten die Schwimmbewegung nun aufs Natürlichste aus. So wie man atmet im Schlaf.

Zwischen den Wellen trieben seine Augen, sein Ich.

Laut und deutlich zugerufen! Der Meister der Fahrt behauptete: siebzehn Mal. Erst beim elften Mal habe er auf seinen Namen reagiert.

Oh no!

Nicht herausholen. Sein einziger Versuch.

Er zappelte.

I'm fine, verkündete er mit kräftiger Stimme. *You look!*

Nudel Charles, etwas steifer als vor ein paar Stunden, doch lang, weiß, elegant. Das Wasser trug ihn, egal, ob es nach Wald roch oder Küche oder Maude. Er machte sich länger und schwamm. Etwas schwamm neben ihm.

Kein Treibgut, kein Delfin, kein Wal, kein Hai. Das hatte er durch. Also war es nichts. Unbeeindruckt von dieser scharfen Feststellung, schaukelte nichts neben ihm. Er fühlte es seit einer Weile, wusste indessen erst jetzt, dass er es fühlte. War dies ein sinnvoller Satz? Eine Wassererfahrung war es zweifelsohne.

Was neben ihm zog, war noch immer da.

Es begleitete ihn und war leise. Er hörte sich atmen und schlagen und spürte das Wasser um sich strudeln, und über allem hörte er die *Henry*, wie sie neben ihm herfuhr, ihr Maschinengeräusch, das er nach all den Stunden kaum mehr beachtet hatte, aber nun, wo er versuchte, das, was neben ihm badete, wahrzunehmen, hörte er wieder das Schiff und nichts als das Schiff.

Was neben ihm schwamm, hielt immer gleichen Abstand, drei Meter hätte er geschätzt, nur, wer wusste nach so vielen Meilen im Wasser, was drei Meter hieß, und eigentlich war es egal. Er war hier, Charles, und *es* war hier und schwamm mal links, mal rechts neben ihm her.

Wie konnte das sein?

Er hatte Angst vor dem, was im Wasser trieb, diesem Neben-ihm-Ich oder Neben-ihm-Er, dieser langen weißen Gestalt, so stellte er sich den anderen vor, nackt wie er und seit einer Weile mit ihm unterwegs.

Aber was konnte ihm passieren, es war hier unten nun fast, als läge er im Bett, die Beine ein wenig angezogen, nicht wie im Uterus, nicht wie ein Fötus, nur entspannt.

Es konnte zu Ende gehen. Es würde zu Ende gehen. Auch das Nebengeschwimme würde aufhören. Und was sollte geschehen?

Er machte die Augen auf. Die neuen Begleiter waren zu dritt. Ein paar Sterne und ein lächerlich halbvoller Mond, ruhig und seelenlos in seinem Glanz, standen über dem Geschehen.

Das Mondlicht spiegelte ebenso auf dem Kanal wie der Scheinwerfer der *Henry*, und in dieser doppelten Beleuchtung sah Charles, dass es sich tatsächlich um drei Wesen handelte, die ihn umkreisten. Sie waren nicht lang wie er, sondern kürzer und auch runder, genau genommen oval. Allerdings bewegten sie sich nicht wie Fische, insofern hatte er recht gehabt, kein Fisch, kein Wal, keine Qualle, kein Treibgut, kein von einem Zuhause gerissenes Dach.

Look, rief er die Schiffswand hinauf.

Sie würden ihn für verrückt erklären. Schatten in den Schatten des Wassers. Er hatte keinerlei Annäherung gespürt. Die drei waren einfach da gewesen, einen Meter unter der Wasseroberfläche, und er war wach wie seit Stunden nicht mehr, wenn wach hieß, dass er sich in jener Wirklichkeit befand, die die Crew und er teilten.

Seit ein paar Minuten zumindest, denn er hatte gezählt. Gezählt, wie oft sie ihn umkreiselt hatten. Wie viele es waren.

»Krümmt er sich? Will er sich verkriechen?«, sagte sein Kapitän, der neben Matilda an der Reling stand. Unterkühlung Stufe zwei? Oder schon drei?

Halluzinationen?

Cedric antwortete vom Steuerhaus, der Radar zeige nichts, überhaupt nichts, auch er habe allerdings etwas gesehen.

»Drei … drei Dinger!«

Thunfisch hätte von der Größe gepasst, fast auch von der Form. Doch für diese Schnellschwimmer fuhr die *Henry* längst zu nah an der Küste, und die Schatten waren zu massiv. Er spürte, was ihn umkreiste, Wasser verdrängte, sah indessen dort, wo es zügig seine Bahnen zog, Mal um Mal nur dunklere Dunkelheit.

Die Kreise waren makellos. Wohin er sich auch wandte, seine Begleiter wahrten unverändert den gleichen Abstand sowohl voneinander wie auch von ihm.

Er nutzte den nächsten Atemzug, nach links, schließlich hielt er sich inzwischen rechts von der *Henry*, um der Crew das eine Wort zuzurufen. Die Lösung.

Sollten sie sehen, wie wach er war.

Er hörte Brendan: *I don't believe it!*

Es war Matilda, die antwortete: *You're right!*

Etwas von dem warmen Blut, das noch durch ihn kreiste, kehrte in seine Finger zurück. Es war 01.30 Uhr.

Er trank dann mal. Matilda kam am besten mit der Überraschung zurecht. Sie klippte sich das gelbe Haar zurück und sagte, sie sei stolz auf ihn. So wach sei er noch. Und nicht in Panik geraten, im Gegenteil.

Well done.

Das hatte schon lange niemand mehr zu ihm gesagt. Er streckte sich, und seine Fingerspitzen waren wirklich fast warm, als sie den Trinkbeutel umschlossen.

Charley-Darley!

Pilot und Protokollantin lehnten sich über die Reling weit zu ihm herunter. Keine Meile mehr zur französischen Küste. Die Franzosen suchten La Manche nach illegalen Einwanderern ab. Nach Flüchtlingen.

Das sei noch nie passiert. Brendan klang abgelenkt.

Ich bin ja auch noch nie durch den Kanal geschwommen, dachte Charles.

Matilda warf ihm ein extra Futtertütchen an der Leine zu. Endgültig: Er mochte Lehrerinnen. Die hier musste exzellent gewesen sein. Endgültig: Die Dunkelheit unter Wasser war heller als die Dunkelheit unmittelbar neben seinem Kopf. Hell das Boot, sein Schatten tiefschwarz. Neben Charles wiegte sich purpurn gefiedertes Wassergras im Wind, eckig, gebrochen, schön. Er rollte unter den dunklen, mit Sternenlöchern gespickten Himmel, rollte über ihn. Er fühlte sich wohl.

Die Augen des Piloten folgten dem grotesk pinkfarbenen Beutel, der im Strahl von Matildas Taschenlampe auf Charles zuschaukelte. Was er sonst noch sah, war abscheulich, dies allerdings in Perfektion: ein erschöpfter Schwimmer, von drei Drohnen umkreist. Die Aktion fies, das Bild schön. Wie geschickt die Maschinen jede Bewegung des Mannes nachahmten. Auf Menschen programmiert. Als wäre der Kanal nicht auch ohne spionierende Metallintelligenz eine bereits im Übermaß gegen jedes menschliche Wesen gerichtete Kraft. Ihm war, als sähe er mit einem Mal eine Wahrheit, die alle betraf. Einem jeden flogen Schatten um Körper und Kopf. Begleiteten ihn auf Schritt und Tritt. Ein Leben lang.

Charles lutschte eigens langsam an dem Tütchen, er wollte nicht nur die Nahrung aufsaugen, sondern auch das Bild: das Boot, die Jägerinnen, er. Da hatten sie es gestellt, ihr Beutetier. Welch Segen! Nun brauchte er nicht mit Engelszungen auf seinen Piloten einzureden, nicht zu betteln um eine letzte Chance. Er hatte bewiesen, dass er als zurechnungsfähig gelten musste. Ausgerechnet er, der Irre in der Salzbrühe, in der Dunkelheit, in seinem Traum, war allen voraus.

Der Widerschein der Leuchtstäbe glitzerte in der Wasserhaut. Über seinem Kopf teilte erneut ein Flugzeug in der Warteschleife für London den Himmel. Zwischen Charles' Atemzügen hielten sich nur mehr die angenehmsten Stimmen und Schemen auf. Sein Vater kam zu Weihnachten mit einem gewaltigen, also leider uralten Hummer nach Haus. Gemeinhin warteten am Christtag Karpfen auf den Kochtopf, die Familie brauchte Schuppen, viele Schuppen, um das gesamte Jahr über das Glück in die Geldbörse zu zwingen. Polnischer Brauch. Grandpa zog den Hummer vor, er dachte an die See und aß mehr von dem zähen Tier als jeder sonst am Tisch. Blind und sinnlos wie ein Flüchtling hatte das braune Schalenboot in der Badewanne seine asymmetrischen Scheren bewegt. Ging die eine oder andere verloren, wuchs sie dem Krebs nach. So weit waren Menschen noch nicht. »Klug eingerichtet«, sagte Grandpa, »zudem sind die Männchen um vieles dicker als die

Weibchen.« »Die Glücklichen haben einen Panzer«, sagte Charles' Vater. Seine Mutter erwiderte, »den werfen sie ab«. So hatte jeder recht und wusste, wovon er sprach. Durch den Dnjepr war Grandpa Stalin davongeschwommen, hatte in den französischen Bergen der Schweiz gesessen, in Brüssel gelebt, in Genf, all den Städten, in denen das moderne Europa sich suchte. Charles, der Sippenjüngste, erzogen in England in einer polyglotten englisch-österreichischen Familie, war, wen wunderte es, kaum hatte er fertig studiert, nach Deutschland umgesiedelt mit seiner nordenglischen, viertelschottischen, in Wien ausgebildeten Frau, um für über zwanzig Jahre an der Universität Düsseldorf zu arbeiten und dann zu seinem eigenen Erstaunen auf das englisch-schottisch-walisische Eiland zurückzukehren.

Wer auf einer Insel lebte, so Grandpa, war gut beraten, bis zur nächsten Küste schwimmen zu können. Noch bevor der Enkel richtig laufen konnte, fuhr er mit ihm ans Meer; den Fünfjährigen meldete er im Schwimmclub von Camden an. Der Lehrer stellte die Neuen der Größe nach in einer Reihe auf, ließ jeweils den äußersten am linken und rechten Ende vortreten und wies dem ungleichen Paar, einmal lang, einmal kurz, einen gemeinsamen Umkleideschrank zu. Ein Schlüssel, sie mussten teilen, sollten sich fördern, anstacheln, behüten. Der blonde Junge, der zu Charles trat, einen Kopf größer, ein Jahr älter, sagte: »Was willst du denn hier, Kaulquappe.«

»Dich überholen!«

So hatten sie sich kennengelernt, Silas und er.

Sie war verwundert gewesen, aber hatte ihn eingelassen, als er ihr sagte, er gehe auf eine Reise von ungewisser Dauer und wolle mit ihr sprechen. Abermals hatten sie in der Küche gesessen, Maude hatte das Lämpchen in der Abzugshaube angeknipst, wodurch der

Tisch tiefer in die grünen Schatten sank. Anfang August, eine frühe Abendstunde. Über der Böschung zog Regen auf.

»Als ich deinen Brief las? Damals, in Wien?«

Sie strich sich über den Nacken. Lange hatte er diese Geste nicht gesehen. Maude hatte zu viel unterrichtet. Sie war müde.

Etwas von ihm habe sie darin gespürt. Etwas wie ... Unsicherheit. Sie habe ihn zittern sehen in seinem Gefühl für sie. Es habe ihr geschmeichelt und sie erschreckt. Neugierig sei sie geworden. Habe er sich mehr erwartet von ihrer Antwort? Tue ihr leid, mehr habe sie nicht zu bieten: gespannte Erwartung.

»Du warst der Zähere. Du, nicht Silas.«

An ihren ersten Blick auf ihn habe sie denken müssen. Wie er auf seinem Badetuch neben dem Westerländer Becken gelegen habe, Silas' Schatten auf dem schlafenden Körper. Sein bester Freund, habe Silas gesagt, irrer Chemiker, absolut zuverlässig, er liebe ihn, den alten Frosch.

Maudes Augenausdruck wirkte verändert. Violett- und Grautöne schimmerten in der Iris; ein tieferer, nicht unbedingt beständigerer Glanz.

Da sei sie nach dem traurigen, doch einverständigen Abschied von Silas weiter nach Oxford gereist. Da hätten die Krähen die Schnäbel aufgerissen. Da sei Charles bei ihrem Aufbruch am Straßenrand erschienen, und sie habe die Liebe in seinem Gesicht gesehen, hilflos, aber groß. Und alles sei gekippt.

Das sei ihr öfter zugestoßen seit Abbies Tod. Mit einem Schlag, egal, wo sie sich befand, was sie dachte oder tat, saugte ein kosmischer Elendsstaubsauger alle Farbe aus ihrer Umgebung, jede Bewegung. Allein eine Wirklichkeit in Slow Motion blieb, traurig, sinnlos, schwer.

Gekippt im Bus, als sie aus Oxford abfuhr. Gekippt, wenngleich nur, um ihr die Waffen zu zeigen. Statt für Stunden lautlos vor sich hin zu treiben, wie versunken hinter Glas, als gehöre sie, Maude, nicht mehr richtig in die Welt, sei diese Welt, als sie am Flughafen aus dem Bus stieg, von Neuem voller Stimmen und Glanz gewesen, lebendig. Fast wie vor Abbies Unfall. Allerdings nur fast. Dies sei … der Fortschritt gewesen. Lebendig, ohne den Tod ihrer Schwester auszuschließen oder zu leugnen. In diesem Wiederdasein und Weitergehen-wider-Erwarten habe sie Charles' Gesicht gesehen, so wie er auf dem Gehweg gestanden habe, um ihr noch einmal zu winken, und seine Nähe gespürt.

Über ein Jahr habe das erste Wegkippen der Wirklichkeit sie begleitet. Immer habe das zweite Kippen, das mit ihm verbundene, dagegen geholfen. Auch wenn er es nicht wusste … es war allem zum Trotz …

Well, sagte sie, *you never let me down.*

Silas sei nicht im Haus. Sie lebten nicht zusammen, nicht so, wie Charles es sich vielleicht vorstelle. Silas lebe in Frankreich, in Flugzeugen, auf seinen Reisen und manchmal in London, ja, da liege er in ihrem Bett. Dem neuen Bett in ihrem Zimmer.

»Bevor du denkst, dass es so ist, oder denkst, dass es nicht so ist, weißt du es besser.«

Silas sei ihr fremd gewesen, als er in Düsseldorf wiederauftauchte. Ein Silas-Gespenst, das ihr Angst machte, weil es sie an Abbie erinnerte, die Zeit zu viert. Aus dem gleichen Grund habe der einstige Freund sie aber auch angezogen. Sie habe allmählich wieder wahrgenommen, was sie an Silas von jeher gemocht hatte. Es habe ihr gefallen, weil es etwas Altes war, das zu ihrem eigenen Erstaunen offensichtlich noch in ihr lebte. Als Wunder und Öffnung sei es ihr erschienen: wie da die zwanzigjährige Maude wieder zu Stimme, Geruch und Gefühl kam in ihr, der damals fünfzigjährigen Frau. Und Abbie ebenfalls. Die sie stärker vermisst hatte, als sie hatte zugeben wollen. Mit Silas war sie wiedergekommen. Vielleicht gerade, weil sie beide, was Silas und Abbie und Tex anging, durchaus gemischte Gefühle hatten. Nicht wahr? Sie hätten nie darüber gesprochen, dennoch sei sie sicher, nein, sie wisse, dass sie das geteilt hatten.

»Wir«, sagte Maude, »waren wir, Maude und Charles, solange wir zu zweit waren.« Im Wohnzimmer hingegen, mit Silas, seien sie nicht nur zu dritt zusammengekommen. Es habe sich angefühlt, als sitze Abbie mit im Kreis, »als lebe sie durch uns drei hindurch«.

Sie habe es körperlich gespürt. An Gespenster glaube sie nicht. Wie er wisse.

Gern hätte er ihr in die Augen gesehen. Aber sie hatte den Kopf gesenkt. Seine eigene, ihn peinigende Entscheidungslosigkeit, die ihr Verhältnis die letzten Monate über entstellt hatte, hob sich ein wenig.

»In der Nähe unseres Elternhauses in Newcastle gab es einen Tante-Emma-Laden.« Maude benutzte das deutsche Wort, »Tante Emma«. »Emmäi wurde von allen verlacht. Sie hatte zwei Männer, beide in ihrem Alter. Und beide hässlich! Über die Männer wurde noch mehr gelacht als über sie. Die drei ließen sich nicht beirren. Das Dorf stellte sich alles genau vor. Alles. Ein halbes Jahr lang vielleicht. Dann wurde es vergessen.«

Inzwischen ließ sie den Kopf noch tiefer nach unten hängen und rollte ihn leicht hin und her. Richtung ihrer eigenen Brust sagte sie: »Warum nicht auch wir?« Und fügte an, als wäre es das Selbstverständlichste: »Abbie wäre einverstanden. An meiner Stelle hätte sie es genauso gemacht.«

Er war so verblüfft von dieser Verknüpfung, dass er blöde fragte: »Wo?«

Eindeutig, Maude hatte sich verändert.

»Hier«, sagte sie. »Wir alle könnten ein Zuhause gebrauchen.«

2.13 Uhr. Die Strömung verschwand. Brendan rief, er habe es am Gieren der *Henry* bemerkt; inzwischen zeigten auch die Instrumente es an.

»Keinerlei Kraft zieht mehr an dir!«

Er war zweiundsechzig Jahre alt und trieb mitten in einer Augustnacht im Meer. Es war die längste Nacht seines Lebens, und er testete, wie weit er sich noch zu dehnen vermochte. All seine Sehnen taten weh; die Muskeln spürte er nicht mehr. Hatte Abigails Geschichte ihm das beigebracht (nicht ihn gelehrt, aber ihm beigebracht, ihm zugefügt), dass der Weg, wenn es einen gab, immer ein Weg durch den Körper war und dass am Ende niemand wusste, was ein Körper war, welche Bedeutung er hatte?

Matilda zählte, auf Brendans Bitte hin, Charles' Armzüge pro Minute, während der Pilot selbst erneut die Daten mit der Karte verglich. Es war halb drei. Gris-Nez schafften sie auf keinen Fall, mit etwas Glück wurde es Wissant. Calais durfte es nicht werden, zu dichter Verkehr am Morgen, kein Landeplatz für die *Henry* mit ihrem fragilen Ausleger, gemacht aus Mensch. Die Gedanken des Schiffsführers klickerten wie Münzen in einem Automaten, Routine, immer die gleichen Faktoren abwägen, immer ein anderer Faktor im Zentrum, ein anderer Körper, eine andere Vor- und Nach- und Jetztgeschichte, und er, Brendan, musste ständig neu beurteilen, was er sagte, »weiter« oder »Schluss«.

Es konnte von einer Sekunde auf die andere kippen.

Charles sah seinen Piloten an die Reling treten. Der würde sofort bemerken, dass er nicht mehr richtig schwamm. Seine Entschuldigung hatte er parat: Darf man nicht mal in Ruhe pinkeln …

Der Mann sagte nur: »Wir warten, bis die Flut dich und die *Henry* Richtung Land trägt. Du brauchst die Strömung. Sie ist deine letzte Chance.«

Charles jubelte. Innerlich. Für äußeren Jubel fehlte die Kraft. Das war schön. »Innerlich« war jetzt klar definiert. Nun, das war ein Nebeneffekt. »Innerlich« war ihm die meiste Zeit seines Lebens reichlich gleichgültig gewesen. Wirklich schön war, dass er nicht mehr vorankommen musste in der oberen Welt. Nur den Kopf ab und an so weit über Wasser halten, dass er atmen konnte. Eineinhalb Stunden noch.

Wenn es so weiterging.

»Es«, das war er.

»Du«, sagte Maude, »du bist am Zug.«

You're very tired.

Cedric an der Reling. Die Reling unmittelbar über Charles.

You're not ev... lifting your arm above the water.

I don't understand.

We show you where to go but you don't swim. Brendan.

Charles hob den Arm, um ihm zu winken.

Die Silhouettenköpfe über ihm riefen ihn, er konnte nicht unterscheiden, wer was sagte, wer welche Stimme war.

Ihm wurde kälter. Da fiel es ihm wieder ein: Er musste sich bewegen. Die Tide, der Mond, *the mind.* Er könnte sich die Multiplikationshäuser aufsagen, rauf und runter, 9 × 9, 8 × 9, 7 × 9 ... Sag sofort, wo der Dodofuß im Natural History Museum liegt. Sag sofort, wie der dritte Wal heißt, der dort von der Decke hängt. Die Wale im Museum waren lebendig gewesen, obgleich sie nur aus Skelett bestanden. Nackte Brustkörbe, gebogene Rippen, Löcher und Nichts und schwebten doch, flogen durch Luft. Er schwamm, als wäre er einer der Meergeister, ein mit Restgedanken, Sauerstoff und Empfindungen gefülltes Knochengerüst, das vorsichtig den Kiefer bewegte und sich Musik aus den Gebeinen riss. Sein Wille war langsam, wenn auch vorhanden. Die Spitze seines Penis reichte hoch in den Brustkorb hinauf, während seine Nerven nach all diesen Stunden im Wasser, nach diesem Kampf, bei dieser Verwandlung in Kruste, Bewegung und Salz, Stufe um Stufe zu seinem Körper hinauswuchsen, als wollten sie als feinster, einem Korallengewebe nicht unähnlicher Mantel um ihn treiben. Dieses Ausdringen bestürzte und freute ihn gleichermaßen; auch dies registrierte er mit Verwunderung.

»Du trittst auf der Stelle.«

»So wird das nichts. Die Flut allein spült dich nicht an den Strand.«

»… die reine Wahrheit.«

»Das ist …«

… 2.55

Come in!

Up here.

Er zuckte zusammen: Brendan. Brendan neben ihm. Wie konnte das sein? Saß der Pilot im Beiboot?

Come. Come in!

Putt, putt, Charley!

Aber Charles war keine Taube. Er spürte alles in höchster Deutlichkeit. Ihre Gedanken sah er voraus. Vor ihm leuchtete das französische Ufer, links davon dämmerte der Horizont. Reste der Fettcreme klebten an seinem Körper. Die Schönheit des Alleinseins spürte er ebenfalls.

Out!

Rechts herrschte Dunkelheit. Rechts war Küste.

I mean it!

Sie mussten sich vertan haben. *Feed time* war erst in fünf Minuten.

Er tauchte ab, nach links. 2.55 Uhr klang wunderbar. Küste

klang wunderbar. Er wiederholte es sich. Zum Greifen nah. Vielleicht ein bisschen zu dunkel, um es zu sehen. Wie zum Ausgleich konnte er die Küste fühlen. Der Seeboden stieg. Lag allerdings noch ein merkliches Stück unter ihm. Zehn Meter? Vier? Er fühlte es, keine Frage. Calais, was sonst. Buchten und Sand. So viel besser als die graue Nase, die aus nichts als scharfen Felsen bestand.

Listen to me.

Aber ja, Freda! An Land kriechen. Eier schleifen! Das war versprochen. Und wie! Er würde ihr davon erzählen, wenn er sie wiedersah. Dann wäre es hell.

Hell.

Out!

Er tauchte ab. Hatte er das nicht eben bereits getan? Jemand lachte. Er hörte jemanden lachen. Eine Frauenstimme. Sie sagte, dass es

07.00 Uhr war.

»Frühstück!«

»Hmm«, sagte er.

Auch für den Fall, dass sie erneut fragen wollte, wie er sich fühlte.

Das fragte sie ständig. Kaum war er wach, fragte sie. Er hatte sie fortgeschickt. Nun war sie wieder da.

Es war hell.

Ab acht Uhr würde in seinem B&B Frühstück serviert. Er bekäme die doppelte Portion, das hatten seine Gastleute ihm versprochen. Um das gestern ausgefallene Frühstück auszugleichen. Um seine Überquerung zu feiern.

Die eine krachende Niederlage war.

Er wusste nun, warum man so sagte. In seinem Herzen krachte es.

Seine Gastgeber würden so tun, als wüssten sie von nichts. Dabei wüssten sie es wie jeder, der den Namen des Schiffes kannte. *Tracking, global positioning,* der soziale Mist.

»Ja, genau. Totalerschöpfung. Im Wasser wie ein toter Fisch. Fünfzig Meter vor der Küste haben sie mich rausgezogen. Es nächstes Jahr wieder probieren? Danke schön.«

Damit schnitte er ihnen den Vertröstungsweg ab.

Sie würden antworten, dass sie feierten, dass er lebendig im Frühstücksraum saß. Daran hegte er keinerlei Zweifel. Sie lebten von Leuten wie ihm.

Er rutschte an die Reling und lehnte sich gegen das kühle Metall. Matilda musste offensichtlich nur sehen, dass er die Horizontale verließ, um mit dem englischen Morgenreflex zu reagieren: drückte ihm einen Thermosbecher in die Hand. Dampfender Tee. Die Klippen schienen selbst durch die Sonnenbrille auf seiner Nase (und wo kam die her?) überweiß. Die *Henry* hielt ja auch geradewegs auf sie zu. Der Kanal gab sich schäfchenhaft, Löckchen statt Wellen.

»Profis«, sagte Matilda. Vermutlich hatte sie bereits mehr gesagt. Wenn er jetzt den Mund hielt, wurde es möglicherweise wiederholt. Da könnte er kaschieren, dass er von seinem Auftauchen nichts mitbekommen hatte. Profis! Bedanken würde er sich bei Cedric und Brendan, Profi auch er. Jetzt zitterte er wieder. Profihaft hielt er sich am Becher fest, klapperte profihaft mit den Zähnen am wärmespeichernden Rand. Das hörte gar nicht mehr auf. Er schob die Zunge ins Klappern, lächelte Matilda an, wartete auf mehr. Seine Zunge war doppelt so groß wie sonst.

Die Lehrerin grinste ihn an. Die Sonnenbrille stehe ihm. Reflexartig hob er den Arm, stockte auf halbem Weg. Ihre also? Das pinkfarbene Ding? Charles, völlig fertig, krachende Niederlage, saß, zum Sitzen ohne Stütze zu schwach, mit pinkfarbener Sonnenbrille an der Reling der *Henry* und wurde zurück nach Dover geschippert. Was für ein Held. Er versuchte, etwas zu sagen. Es wäre gelungen, wenn er die Lippen weiter auseinandergebracht hätte. Immerhin kam schon etwas Geräusch aus seiner Kehle. Eine Möwe spritzte in geringer Höhe über das Wasser davon.

06.13 Uhr

Charles, Charley, come on!

»Es ist hell.«

»Augen auf, *mate*.«

Eine Frauenstimme. Richtig, sagte ein Teil seines Kopfes. Da war eine Lehrerin an Bord gewesen.

Nicht so einfach, das mit den Augen. Die Lider klebten. Jemand (Cedric?) rammte ihm eine Brille auf die Nase.

Hell: rechts von ihm, links von ihm. Er sackte zurück. Hell über ihm, vor ihm.

Er fühlte sich liegen. Gegenüber war ein Handtuch über die Reling gespannt, himmelblau. Er blinzelte. Rosagrüner Morgenhorizont.

Hatte nicht eben noch jemand von stürmischem Wetter geredet?

Nicht einmal die Klippen wackelten.

Die Klippen?

Klippen vor ihm. Die weiße Litze auf Englands Kriegsschulter, die gebleckte Zahnreihe, aufeinandergetürmte, jahrtausendalte Meereswesen. Der harte Teil.

Der dramatische Beginn. Das Ende. Es war schon weiß. Die Sonne schien.

Sein Ende.

Wie spät?

Etwas hatte diese Frage gekrächzt.

Ah, sagte die Frauenstimme, *here we are.*

Viertel nach sechs. Gelb und Pink, dicht neben seinem Kopf. Er sah jetzt deutlicher.

06.00 Uhr

Sie hatte ihn zugedeckt, die Ränder der Decke unter seinen Körper gestopft, damit er sie mit seinem Gewicht festhielt, und sah alle fünfzehn Minuten nach ihm. Reglos seit über einer Stunde, nicht einmal die Augenlider zuckten. So also war es, wenn ein Traum zerbrach. Sie kannte es, hatte es nur nie aus solcher Nähe bei einem anderen gesehen. Die Nacht hatte sie als etwas stark um sich selbst Geballtes erlebt. Einer musste ins Wasser, sie nicht, einer musste steuern, sie nicht, einer musste das Schiff retten, sie nicht. Es ging in den Wellen immer nur auf und ab. Eineinhalb Stunden noch, und Dovers Strandmusik, Dovers Crememöwen, Dovers Kleinkommerz hätten sie wieder. Die Route der *Henry* glich einem Finger. Der Finger hatte Frankreich berührt, wenn auch nur fast, eine Linie hin, knapp vor dem Ziel abgebrochen, parallel zu der ersten Linie zurück. Der Motor tuckerte wie ein Eselchen, die Wolken flogen ihnen voran auf England zu. Das Meer lag da, als ruhte es sich aus.

05.25 Uhr

Etwas wölbte sich gneisfarben, dunkel, schattig. Es schaukelte, bewegte sich fort, kehrte um, zielte auf ihn. Auch er lag. Etwas war hart. Er lag, etwas war windig. Er lag in einem Bett. Durch das Fenster links von ihm fiel Licht. Er war frisch in die Nummer 8 zurückgezogen. Schmal das Bett. Der Handel mit Tee verlangte, dass Silas reiste. Dann wieder fuhr Maude zu einem Konzert, und Charles verbrachte ein paar Tage allein mit Silas im Haus. Von der Überquerung hatte er erzählt. Der Blaue Planet: Wasser, Wasser, kaum Land. Sprich: Felsen, Schelf, Festigkeit, ständig von H_2O beleckt. Deichwahn, hatte er gesagt, Flutangst. Die Menschheit sitze weiterhin in der Arche Noah, sie begreife es zögernd. Ängstlich fütterten die einen deswegen Tauben. Andere grillten Fleisch.

Was er sagte, war wie betrunken.

Sogleich gestand er: Man grille auch, weil es schmecke. Zumindest Silas und ihm schmecke es. Nach der Strandung auf dem Berg Ararat hatte Noah zuallererst ein paar der überzähligen Schafe und Böcke auf den Spieß gesteckt. Für Jahwe.

»Arche vorausschauend beladen«, sagte Silas. Ganz der Geschäftsmann.

Die Zuschreibung »Geschäftsmann« bezog sich auf Noah und Gott. Der dem Kapitän der Arche die exaktesten Anweisungen gegeben hatte. »Die Rettung einkalkuliert. Der alte Fuchs.«

»Ah, Fuchs«, sagte Maude.

Charles sah sie an. Er dachte etwas, konnte es nicht greifen. Fuchs? Etwas streifte ihn. Manchmal fühlte sein Bett sich an wie aus Deckplanken zusammengefügt.

Ob sie nun beide einen religiösen Schub hätten, fragte Maude.

»Seele«, sagte Charles. Freiseele. Nur um die gehe es. Auch Exkursionsseele genannt. Sie, die Männer, hätten sie und planten einen Grillabend.

»Gott mag Fleisch«, sagte Silas. Jedenfalls Noahs Gott. Der Gott des Geschäfts.

»Jahwe war kein Vegetarier«, ergänzte Charles.

Und das, sagte Maude, sei jetzt die große Erkenntnis aus dem Kanalwahnsinn?

Silas lachte. Ihre Gespräche hatten sich geändert. Aber nicht allzu sehr. Die Witze waren nun weniger flüssig.

Silas sagte, er, Silas, sei das Gegenteil von Vegetarismus. Also nicht das Gegenteil von Gott. Diese Erkenntnis gefalle ihm.

Maude sagte, Silas sei bald so verrückt wie Charles.

Charles sagte, er strenge sich an, den Vorsprung zu halten.

Niemand tat mehr so, als sei alles wie zuvor. Ein Gewicht hob sich, ein anderes senkte sich. Das kannten sie inzwischen gründlich. Ebenfalls deutlich war, dass jede Bewegung Spuren hinterließ. Kinn unterm Kinn? Extragewicht im Bauch? Sampo, der Setter, war älter als sie, kannte indessen die Sache mit dem Gewicht nicht. Er juchzte. Was sich als kleine Pfütze auf dem Boden zeigte. Anders konnte ein Hund nicht juchzen. Im Übrigen war das Tier wirklich alt. Tiefer in diesem Übrigen, einem Übrigen, das es nur auf Tierweise gibt, war der Hund uneingeschränkt glücklich: Er lebte in einem vollen Haus.

Familie zwei: geringere Ordnung, größere Heiterkeit. Auch Charles fand sich des Öfteren idiotisch zufrieden.

Idiot. Das war die Lösung gewesen.

05.05 Uhr

Wie still es war. Er spürte die Vibration des Schiffsmotors, hörte ihn nicht. Cedric steuerte, alle anderen schliefen. Als er schlafen wollte, hatten sie ihn nicht gelassen; nun, wo er schlafen durfte, lag er wach. Hellwach. Hochwach. Er spürte die Deckplanken an einigen Stellen des Körpers, an anderen nicht. Rückseite der Oberschenkel taub, Rücken taub. Der Hinterkopf nicht. In Teilen schwebte er. Immerhin befand er sich an der frischen Luft. Er hatte sich mit einem um den Fußknöchel geschlungenen Seil an die Reling binden lassen. Blickte er zur Seite, sah er den Kanal. Egal zu welcher Seite. Innen schaukelte er noch. Vor ihm spitzten die ersten Strahlen der Morgensonne die verdammten Klippen an: immer steiler, immer helleres Weiß. Er riss die Augen zu.

05.00 Uhr
Die Lippen aufeinandergepresst (= fühlte er von innen), das Gesicht enger, dünner, eingefallener als beim Aufbruch (= fühlte er von innen), ausgestreckt auf dem Deck (= fühlte er von innen), klein (= fühlte er überall). Sein gesamter Körper war geschrumpft. Charles, liegend, als Charles-Essenz: hellblaue Decke, rote Mütze, weißer Stoppelbart. Er sah es von außen. Kamera Charles schwebte, Schwimmer Charles schwamm, Versager Charles, endlich aus der Kajüte entlassen, wollte sich krümmen, war dafür zu steif. Sie hatten sein Handy neben ihn gelegt, seine Brieftasche, seine Uhr, den Ausweis, die Kappe und das Paar Leuchtstäbe. Als wäre er tot. Er war tot, er lag. Etwas schaukelte. Schaukelte er? Er tastete nach den Stäben. Tasten ging, sehen nicht. Er schleuderte sie aufs Meer. Das war ein Gedanke. Nichts geschah. Wenn etwas geschehen wäre, hätte er es hören müssen. Pech, Charles! Rest-Charles, Versager-Charles brachte den Arm nicht hoch.

04.50 Uhr
Matilda sagte, es lohne sich nicht für sie, fortwährend zwischen der Kajüte und seinem Platz hin- und herzulaufen. Die Fahrt zurück nach England, auf den Morgen zu, gefalle ihr, da bleibe sie gern bei ihm. Wach sei sie ohnehin. Hellwach. Die Fahrt habe sie erfrischt. Einmal das System durchgespült! Drei Stunden brauchten sie nach Hause, er solle mal sehen. So weit sei er gekommen.

Er schluckte. Soweit Schlucken möglich war. Sie wollte ihn trösten und tat ihm weh. Egal. Weh tat es sowieso.

Sie hatte sich das pinkfarbene Tuch um den Kopf gewickelt, saß auf einem kleinen Hocker neben ihm und trug Daten in ihre Spalten ein.

Unsinn, sagte sie, es sei August, 4.50 Uhr, sehe er die Dämmerung nicht?

»Gib schon her«, sagte sie.

Wie eine Sibylle saß sie da.

Sie meinte gar nicht, dass er etwas tun sollte, etwas so Wirkliches wie den Arm ausstrecken und stillhalten. Stattdessen griff sie nach seiner Hand, drehte sie so, dass sie einen Finger auf den Puls legen konnte. Lautlos bewegte sie den Mund. Sein Atem hatte ihnen nicht gefallen. Sie hatten ihn gezwungen, in der Kajüte sitzen zu bleiben und zu trinken.

Ingwertee, Ingwerkeks, Tüte zum Kotzen.

Die Klippen schoben sich als Schatten gegen den Himmel. Er schwamm nicht im Kreis. Er schwamm gar nicht. Allein wollte er sein.

»Trotzdem«, sagte sie, »schwimmen!« Einmal noch, heute. An Land bei Samphire Hoe. Sie würden ihn auch hinüberrudern, wenn ihm das lieber wäre.

Der Puls war ausgezählt. Charley-Darley, halb lebendig, bei 53! Sie komme ab sofort nur mehr jede halbe Stunde.

»Kennst du Freda«, fragte er.

Und dachte noch im gleichen Moment, Unsinn, Matilda war erst vor ein paar Wochen nach Dover gezogen.

»Natürlich«, sagte sie. Sie habe viel von ihr gehört. Und sie gehört. An der Marina, wo sonst.

Charles war zum Kotzen übel und gut. Das Schwanken kam von überall. Er durfte nicht in das Gesicht vor sich starren, das machte es nur schlimmer.

»Don't you sleep?«

»Ich bin ein Vogel, ich schlafe mit offenen Augen.«

Nun, wo sie es sagte, sah er es. Matilda war ein Vogel. Maude ein Fuchs. Matilda, die sich in einer fließenden, anstrengungslosen Bewegung aufrichtete, lächelte ihn an. Das Dingi rechts hinter ihr schwankte an seinem Bügel.

Es war nichts als ein Dingi.

04.30 Uhr

Das Geräusch holte ihn zurück.

Ein Wassergeräusch.

Als hätte er davon nicht genug gehört.

Es regnete. Der Regen kam auf Holz auf. Neben ihm. Also lag er auf Holz. Und im Regen. Was hieß, dass er nicht mehr schwamm. Er war nicht mehr im Wasser.

Wasser fiel auf ihn. Wasser mit Lücken. H_2O, N_2, He, Ar, CO_2.

Schon als Kind hatte er nichts mehr geliebt, als im Bett zu liegen und Regen gegen die Scheibe schlagen zu hören. Gegen die Äste vor der Scheibe und gegen das Glas und damit ein wenig auch gegen ihn selbst, gegen sein Ich und seine Gedanken. Und wie die Wörter und das Ich in diesen Gedanken als kleine Gestalten umhermarschierten. Er lag auf Holz, auf das Regen fiel. Das Holz bildete das Deck der *Henry*. Er lag auf dem Deck der *Henry*, und es war dunkel und regnete, und er schwamm darin.

Was er nicht spürte. Er war so durchweicht, dass er Feuchtigkeit nicht mehr spürte. Er schwamm nicht, er lag fest. Der Regen kam auf ihm auf und neben ihm auf, und nichts rutschte. Er hörte ihn.

Er atmete ein. Er atmete aus.

03.55 Uhr

Er war ewig geschwommen. Er erinnerte sich an alles. Die letzte Meile, das Licht. Er hatte gespürt, wie das Land näher kam. Der Kanal veränderte sich, die Küste griff aus. Er erinnerte sich. Was er spürte, lag innerhalb und außerhalb seiner selbst.

03.50 Uhr
Brecher klatschten über die Reling, sie fuhren einen Bogen, er sollte das graue Horn sehen, die Nase, die er verfehlt hatte, damit er glaubte, was sie ihm sagten = er habe es nicht geschafft. Raue See, Wellen bis zu zwei Metern, bemerkte er das nicht?

Der Pilot saß bei ihm. Cedric blockierte die Kajütentür.

Sie sagten, er sei *alright*. Das sagten sie.

Aber er durfte nicht schlafen. Er klemmte auf dem Stuhl. Rechts die Kajütenwand, hinten die Lehne, links sein Lebensmann. Ließ er sich nach vorn fallen, stützten sie ihn hoch und flößten ihm etwas Heißes ein. Alles war heiß. Die Luft, die er einatmete, brannte. Er konnte nicht sprechen. Oder wollte nicht.

03.45 Uhr
Er stürzte eine Treppe hinunter mit Hazel im Arm, riss das Kind hoch, da lagen sie unten, das Baby schrie, trug keine Schramme davon. Schrammen und blaue Flecken hatte er, er hatte sich nicht abgefangen, nur seine Tochter gerettet, er war kein restlos schlechter Mensch.

Brendan stand neben ihm, etwas Pink-Gelbes schwebte im Türrahmen. Sie waren in der Kajüte, bugsierten ihn auf einen Stuhl. Cedric musste am Steuer stehen.

Brendan sagte: *Charley, give us a story. Just another word!*

Hatte er, Charles, etwas gesagt? Das glaubte er nicht.

Sure, sagte Matilda, *a ladder and rocks. So beautiful.*

03.38 Uhr
»Er sackt uns weg.«

»Rück den Stuhl hier rüber. So, jetzt fällt er nicht.«

»Seht bloß zu, dass er wach bleibt.«

»Er muss reden. Fragt ihn was.«

»Hat er nicht eine Familie?«

»Frag ihn nach dem Kind.«

»Das ist doch schon erwachsen.«

»Verdammt noch mal, frag ihn nach dem Kind!«

03.20 Uhr

Es regnete seit Stunden. Hazel saß in ihrem Campingzelt in der großen Salatschüssel und wartete auf das Meer. Er schlüpfte zu ihr in die Schüssel. Seine Tochter sah sich ein Foto an. Zögerlich schob sie es, als er es verlangte, Rückseite zuoberst, auf ihn zu. Da stand mit Bleistift in Maudes Handschrift: *Rantum 1976*. Die Vorderseite zeigte sie alle vier, einander im Arm. Er und Silas in der Mitte, außen Abigail, auf der anderen Seite Maude.

Er mit Maude, Silas mit Abigail.

Hazel hatte das Bild zu Hause aus der verbotenen Kiste gekramt. Er schimpfte nicht mit ihr. Wer die Frau sei, wollte sie wissen.

»Sie sieht aus wie ich.«

Er widersprach.

»Aber du schaust sie so verliebt an«, sagte Hazel.

Es war das erste Mal, dass er dieses Wort aus Hazels Mund hörte.

»Weißt du, was das ist, verliebt?«, fragte er.

Sie schüttelte den Kopf.

»Ich auch nicht«, sagte er.

03.18 Uhr

When's your birthday?

What's the name of your dog?

Er hoffte, Cedric merkte es nicht. Sein Gesicht war so geschwollen, da merkte man nichts.

Dass er nicht sprechen konnte, wussten sie ohnehin.

Er weinte.

03.15 Uhr

Er trug eine Hose. Sie roch vertraut. Seine Hose. Er hatte sie mitgebracht. Er zitterte in der Hose. In der Jacke. Mitgebracht. Die Decke um seine Schultern gehörte dem Schiff. Brendan steuerte. Eine Stunde aufrecht sitzen nach dem *retrieval*. Das Wort schoss in seinem Kopf herum wie ein verrückt gewordener Squashball in einer Halle. *Retrieval!* Als hätte man ihn wiedergefunden. Sein Kopf war dunstig und leuchtete. Eine Schale war er, wie der Nebel sie gewesen war. Nur fester. Hoffentlich fester. Er sah sie von innen, saß mitten in ihr.

Retrieval sauste an der weißen Schädelinnenwand entlang, immer im Kreis.

»Die Rettung«, sagte sein Pilot.

Die alte Hose kniff am Bauch. Die Decke roch nach Salz. »Er wacht auf«, sagte eine weibliche Stimme neben ihm. Er hatte nicht bemerkt, dass da noch jemand war.

»Für die Rückfahrt bringst du altes Zeug mit, bei dem es nichts macht, dass es mit Vaseline voll wird. Das schmeißt du danach weg.«

Altes Zeug, das nach Maudes Waschmittel roch. Altes Zeug, das ein Fehler war.

Weinte er? Er war sich nicht sicher. Es fühlte sich wie Weinen an: in den Augen. Aber nicht unter den Augen. Er war so feucht, da spürte er keine weitere Feuchtigkeit.

03.13 Uhr

Hände hielten ihn, zogen ihm die Badehose vom Leib, rieben ihn ab. »Hab schon ein paar nackte Männer im Leben gesehen, *my dear*!« Etwas drehte ihn, Hose, Socken, wo kam das her, er hörte mit dem linken Ohr *sit down*, er sollte aufrecht sitzen, *stay, drink!*, er wollte keinen Tee, *take it*, er wollte schlafen, ein Bauch drückte sich gegen seinen Kopf, oder fiel sein Kopf gegen den Bauch, er öffnete den Mund, der Mund war schon offen, er sagte etwas, er hörte nichts, er sah nichts, er hatte es nicht geschafft.

03.11 Uhr
Langsam kriegte er die Augen auf. Die Schwimmbrille war weg. Er strich sich über das Gesicht. Sein Gesicht war weg. Die Hand strich. Die Hand war weg. Er fühlte nichts.

Gesichter schwammen um ihn, von Schatten bemalt, als trügen sie ein kompliziertes Visier.

03.08 Uhr
It's alright.

You're on the boat, Charles. He keeps kicking.

He's cramping.

Charles! Stop swimming.

Stop!

DO YOU HEAR ME?

03.06 Uhr
Er kletterte eine Leiter entlang nach unten, da hatte die Leiter Hände, er fiel gegen eine Wand, etwas schüttelte ihn, hielt seine Beine, streckte sie, er musste …, *hold him … hell, he's kicking …*, da gab er nach, nur aus Schwäche, er ließ sich fallen, aus, vorbei, ließ, ließ

03.05 Uhr
He's gone.

»Aber er atmet.«

»Schlag ihm ins Gesicht.«

03.03 Uhr

»Seit wann?«, fragte Matilda.

»Zwei Minuten.«

Sie verstand nicht: Tauchten Menschen, die ertranken, nicht von selbst wieder auf? Drei Mal?

»Herzchen«, keuchte Brendan, »was glaubst du, warum wir ihn haben?«

03.02 Uhr

Er schrumpfte. Ein Vogel saß auf einem Ast, der an ihm vorübertrieb. Hand um Hand, *till you grab the sand.* Als er den Ast erreichte, war der Vogel eine Wolke. Er griff zu.

03.01 Uhr

Hold tight!

Can you see him?

…

…

Got him?

No … fuck!

02.58 Uhr

He's, blimey … Brenny … he's gone!

… 2.55

Come in!

Up here.

02.56 Uhr

Ein schwacher Widerschein unterbrach die Vollkommenheit der Finsternis. Sampo, den Kopf auf Charles' Knie gelegt, schaute ihn zärtlich an. Es machte Charles glücklich, als er begriff, dass die Zeit nun so weich geworden war, dass sie sich mit sich selbst berührte.

02.57 Uhr
Der Widerschein verwandelte sich in einen schwebenden Strich, ähnlich der Seitenlinie eines verirrten Tiefseefisches. Bald zeichnete sich darunter, etwas versetzt, eine zweite Linie von gleicher, ebenfalls zunehmender Länge ab, zwischen beiden spannten sich senkrecht ansetzende Sprossen. Es war nun deutlich zu erkennen: eine Leiter.

02.59 Uhr
Etwas schwamm neben ihm. Kein Fisch kein Wal kein Hai keine Qualle kein Treibgut kein Blechdach keine Drohne. Nichts, was nach ihm fassen würde. Es war auch nicht er. Nicht er selbst, nicht sein Körper. Er hatte keine Angst mehr.

Es ging ihm wie Jim Knopf mit dem Scheinriesen. Der war nun einmal riesig. Je näher man ihm kam, umso kleiner wurde er. Etwas umkreiste ihn, begleitete ihn, zog ihn. Öffnete er die Augen, konnte er es nicht sehen. Also ließ er sie geschlossen. Es zeigte ihm eine Richtung, die er ohne Augen sah.

Er nannte sie Leiter.

02.59 Uhr
Sie reichte nicht in den Himmel, sondern in die Tiefe der See. Eine hübsche Leiter. Er kletterte, hielt sich fest, kletterte. Es ging immer leichter.

02.59 Uhr
Er schwamm. Er war der Wasserstrich im Glas zwischen halb voll

und halb leer. Etwas lag davor oder dahinter. Er hatte keine Kraft mehr, darüber nachzudenken, und er musste es nicht.

03.01 Uhr
Er schwamm.

03.01 Uhr
Er schwamm. Er schrumpfte.

Freda war da. Sie winkte ihm. Ihre Lippen glänzten so rosa, als sängen sie jeden Augenblick. Jeden Augenblick.

Er kletterte die Leiter entlang.

03.01 Uhr
Er schwamm. Er war jetzt

03.01 Uhr
sehr klein

03.01 Uhr
sehr
ent
sch
lü
pf
t

t

t

t

t

Tide. Tempo. Position.

Position, Mondstand, Prognose. Schubweise kehrte etwas Kaltes zurück. Er nahm alles Trockene in sich zusammen, um in eine Richtung zu zielen.

Die Eier über den Sand, das ließ er sich nicht nehmen. Auf den Knochen kriechen, aus dem letzten Loch pfeifen, her mit dem grimmen Spaß. Gepfiffen hätte er vor Vergnügen, hätte er seine Lippen noch zu spitzen vermocht.

Brendan war da. Natürlich. Hinter ihm auf dem Schiff. *Look. See.* Es waren nur mehr ein paar Meter.

Der Kanal glänzte wie eine Damaszenerklinge, und so eifrig liefen die Wellen Richtung Strand, als hätten sie nicht nur eine Richtung, sondern ein Ziel. Das Rot des Morgenhimmels berührte Wasser, Steine, Büsche; anders als das Tageslicht zerbrach es daran. Das machte ihm nichts; es war jung, mühelos vergaß es sich selbst.

Das Wasser, das zwischen den ersten Felsen auf ihn zusprudelte, war braungrün gefärbt. Es gab Unterströme auch an Land, Strata aus Oxiden und Schlamm.

Bunte, giftige Beeren und rostbraune Herbstgeflechte saßen zwischen den Steinen, als wäre der französische Sommer kürzer als der englische. Flecken, die ihnen glichen, entdeckte er auf seinem Arm. Warme, willkommene Schmuddeligkeit. Täler, Terrassen, Stufen, die zu Anhöhen führten in vollkommenstem, trockenem Grün – jede Mulde kam ihm riesig vor. Wie eine Echse schleppte er sich an Land und ließ sich den dicken Schuppenrücken wärmen, bis die kurzen Glieder zuckten vor Energie.

Für Sekunden konnte er nicht unterscheiden, ob er einen Schwimmanzug trug oder nicht. Sein Herz raste: Er trug einen, obwohl es verboten war.

Natürlich war das Unsinn. Es kam davon, dass er aufrecht stand, dass Licht wieder unmittelbar auf seine Haut fiel.

Tapsig, steif.

Wie ein Storch im Salat stakste er von Stein zu Stein.

Nichts hier als Luft, Farbe, Glanz. Aufrecht? Er schwankte mehr, als dass er ging, ließ sich auf alle viere herab. Sicherer so. Man kroch an Land.

Ein Vogel – Strandläufer? Regenpfeifer? – pickte fast in Greifweite vor ihm her. Über dem Meer waren alle Vögel weiß, als lohne mehr Aufwand sich nicht in dieser Dichte von Strahlen; über Land wurden sie wieder bunt. Er war sich nicht sicher, ob dies eine Eigenerscheinung der Landschaft, des Himmels oder seines Sehapparates war. Links und rechts von ihm liefen Bänder bläulicher Schatten als kleinste Wäldchen und anmutige Haine die stillhaltenden Hügel entlang.

Seine Knochen tauten. Eine fluoreszierende Wolke erschien, spiegelte sich in einer Seepfütze, flog rückwärts davon. Eier über den französischen Sand!

Jeder Kiesel zwang seine Füße in einen Mischrhythmus von Wasser und Land; die paar Bäume links in der Ferne wippten, als seien sie torkelnde Kreiden.

Der Grund zu fest für einen mehr als vierundzwanzig Stunden auf und ab geschaukelten Körper.

Die Sonne stand so hoch, dass das Wasser zu leuchten begann. Das Blau des Himmels wartete hinter einem schimmernden, unruhigen Weiß in der Farbe von Zinn. Felsen, begossen mit Himbeerlicht, schoben sich ihm in den Weg, manche reichten ihm bis an die Hüfte, andere nur das halbe Schienbein hinauf. Das Meer war zu grellem Chlorophyll aus buschigem Dickicht und Feuchtigkeit geworden auf hartem Grund. Von unten fuhr Sonnenstrahlung zwischen die Keile, wie eine Messerschneide fährt zwischen Blech.

Sein Ringfinger blutete, der rechte Fuß brannte charakterlos.

Das Wunder: Er bemerkte es.

Die *Henry* ankerte hinter ihm. Wenn ihr Horn erklang, müsste er zurückpaddeln, vierzig Meter vielleicht, die Leiter fassen, hochklettern. Brendan, leuchtend gelbes T-Shirt, große braune Sonnenbrille, würde an der Reling lehnen und ihn beobachten.

Hinter den ersten Steinen, die so aufgereckt standen wie eine Gruppe Erdmännchen, öffnete sich eine flachere graue Ebene von Findlingen und Kies. Er erreichte einen Felsen mit Mulde in idealer Sitzhöhe. Zwanzig Minuten durfte er bleiben, für alle hier galt Schiffbrüchigengesetz. Sein Kopf stotterte, schwankte auf der Halswirbelsäule, ein Legoball. Er zog sich die Kappe ab.

Das Land war überirdisch ruhig.

Er warf einen Kiesel in die Luft, Richtung Wasser, er flog kaum, keine Kraft im Arm. Aber ein Arm. An der Luft.

Seine Knie glichen Christmas Pudding: weich, wo sie hart sein sollten. In den Stellen, die weich sein sollten, Steinchen und Grieß. Zwanzig Minuten auf einem Felsen. Robbe Charles.

Grandpa hatte von Odysseus geschwärmt. *The sea. See!*

Als alter Mann hatte Odysseus am Strand von Ithaka gesessen. Heimgekehrt, konnte er Reisen nicht vergessen. Nichts hatte er zu Hause vorgefunden, wie es von ihm verlassen worden war, nur der Hund wollte ihn erkennen, die Magd. Goldgelb hatten in ihrer Küche die Honiggläser seines Vaters gestanden, der Beerenschnaps, den der Alte selbst gebrannt hatte, als Odysseus sich in einem Kellerraum des Palastes hatte einmauern lassen, um sich zu verstecken vor den Häschern des Menelaos, der eigenen Listigkeit, sich selbst. Es war misslungen, der Verrückte, der das Feld pflügte Kehre um Kehre, als Ochse ging im eigenen Pflug, der Verrückte, der summend in der Lehmhöhle hockte, tagein, tagaus, hatte sich geschlagen geben müssen. Nun schlugen die Kämpfe, die Fahrten und das Salzmeer auf seine Knochen, als spielten sie Xylofon auf ihnen.

Er schöpfte sich etwas von dem Wasser, das zwischen den Felsen austrat, in die Hand.

Die Sonne schien, Mücken umschwirrten ihn. Welch unfassbar liebliches Geräusch.

So summte das Land. Die Erde. In zwanzig Minuten musste er weiter.

Das Rauschen im Ohr: ließ nach.

Maude: ließ nach.

Silas. Charles. Alles ließ nach.

Das Meer verwandelte sich in eine ungeheure und geheimnisvolle Maschinerie, ein flüssiges Räderwerk im Glanz seiner arbeitenden Teile. In den periodischen Lichtexplosionen des Morgens erschien es als das, was es war: das Getriebe des Planeten, das die Kraft der Sonne vermittelte und übertrug.

Orte des Glücks wechselten den Platz mit Zonen der Niedertracht.

Möwenblitze stürzten auf die Flut, tranken, stoben auf. Unter ihren Schreien krümmte sich der Ärmel zu einer gewaltigen Linse und legte alles in reinstes blaues Glas ein. Die flüssige Kraft des Wassers strahlte, dabei war das Kanalmeer selbst nicht diese Kraft, sondern enthielt ihre aus der Tiefe entlassene Unberechenbarkeit als Strömung nach eigenem Willen.

All diese Schönheiten, die in ihnen enthaltene Fassungslosigkeit und ihr Vergehen, sprangen ihn an und durch ihn hindurch und mit ihm dahin.